Menscherei wurde in den Jahren 2014 und 2015 geschrieben.

Text von *Jochen Krieger*

Dieses Buch sei der Aktivistin und lieben Freundin

Valentina Sbaschnik

28. September 1984 – 4. November 2014

gewidmet.

Möge ihr Handeln für eine bessere Welt uns allen ein Vorbild sein.

Übersetzungen und Erklärungen:

angefressen	-	verärgert sein, es satt haben
Deix	-	Manfred Deix ist ein österreichischer, Karikaturist, Grafiker und Cartoonist
grantig	-	verärgert sein, missgelaunt, auf jemanden sauer sein
Grantler	-	mürrischer, schlechtgelaunter Mensch
Greißler	-	Tante Emma Laden
Gspusi	-	heimliche Liebschaft
Gusch!	-	Halt's Maul!
hantige Leute	-	unfreundliche Leute
Häfnbruada	-	Strafgefangener
Hättiwari	-	Hätte ich, wäre ich...
Kasperl	-	Beliebte Puppenfigur in Österreich

Kibara	- Polizist
Mundl	- War eine österreichische TV-Serie in den 1970er Jahren.
Mur	- Hauptfluss der Steiermark
Nerverl	- nervöser Mensch
Noch wos da lust, kauns da net grausn	- Wonach es dich lüstet, kann es dir nicht grausen
ÖAMTC	- Ist ein österreichischer Verkehrsclub, ähnlich dem ADAC
Palatschinken	- Eierkuchen, Omelettes
patschert	- ungeschickt
Puchwerk	- Automobilwerk in Graz
ruckzuck	- sehr schnell, etwas sehr schnell erledigen
Sackerl, Sackl	- Tüte, Einkaufstüte
Sacklpicker	- Tütenkleber, Schimpfwort für Häftling. In früheren Zeiten wurden Strafgefangene mit Tütenkleben beschäftigt.

Seidl Bier (auch Seidel)	-	In Österreich ist ein Seidel etwa ein drittel Liter (0,354 l) Bier.
Spinnerei; spinnen	-	Hirngespinste; böse auf jemanden sein
Seitenblicke	-	TV-Sendung des ORF über das öffentliche Leben
Trafik	-	Verkaufsstelle für Tabakwaren, Zeitungen, Magazine
Trara machen	-	Sich über etwas aufregen
Tuscher	-	Lauter Knall; wird auch abwertend verwendet, „Du hast ja einen festen Tuscher (Knall)"
Verlängerter	-	Ein Mokka in einer großen Schale mit heißem Wasser aufgegossen
Zwutschkerl	-	„Kleines Zwutschkerl", wird meist verniedlichend für Babys oder Kleinkinder verwendet.

Menscherei

-

saukomisch gibt es nicht

Herstellung und Verlag:
BoD - Books on Demand, Norderstedt
ISBN 978-3-7347-74683

Lektorat: **Ulli Sbaschnik**

1

„Du glaubst a, du host die G'scheitheit mit dem Löffl gfressn. Di wird's a no amoi billiger geb'n, merk dir das!" Steirische Redewendung

Manchmal denkt man sich, da wohnen nur die Guten, in diesen kleinen, idyllischen Dörfern der Steiermark. Wenn man dann aber genauer hinsieht, dann schaut alles nicht mehr so toll aus.

Es war eine dieser grausam schwülen Sommernächte in der Oststeiermark, als eine schwarzgekleidete Gestalt in den Stall schlich, und nicht einmal die Augen konnte man durch die Sehschlitze in der Sturmhaube erkennen. Die Gestalt ging den Gang entlang, und plötzlich stieß sie in der Finsternis auf etwas Weiches.

Da lag ein totes Schwein, das von seinen Artgenossen isoliert worden war, um entweder gesund zu werden oder um zu sterben. Die Gestalt tappte durch das Dunkel des Stalls. Die Stirnlampe hatte sie trotzdem nicht eingeschaltet, wohl um durchs Fenster nicht gesehen zu werden.

Leicht versteckt hinter der vollautomatischen Futterzufuhr, schien etwas zu hängen, das so aussah wie dieses „Beschäftigungsmaterial", das den Schweinen manchmal in den Stall getan wird. Die Tiere husteten trostlos durch ihre Ammoniak-getünchten Lungen, und die Fliegen wuselten um das Stück an der Decke. Der Maskierte kotzte sich in diesem Moment die Seele aus dem Leib. Dann fasste er sich wieder und ging noch ein paar Schritte, um alles besser sehen zu können.

Es war kein Spielzeug, das da hing, es war ein Mensch - an den Füßen aufgehängt. Der Maskierte rannte wie panisch zur nächsten Türe, und er stürzte, weil er über etwas gestolpert war. „Entschuldige du armes Schwein", keuchte er, doch er spürte etwas Ledernes, etwas Schweinuntypisches. Verwirrt schaltete der Mann nun kurz doch die Stirnlampe ein, um in den nächsten Schockzustand versetzt zu werden. Mit seiner Nase stieß er an ein Paar Schuhe, die zu keinem Schwein gehören konnten. Er rollte sich von dem Körper, auf dem er zu liegen gekommen war und drehte sich, um geradewegs in zwei Augen zu sehen, die ihn anstarrten. „Alles okay?", fragte der Vermummte, aber da kam keine Antwort. Als er versuchte, den Kopf des am Boden liegenden zu heben, bemerkte er dessen eingedrücktes Hinterhaupt. Ein schlechtes Zeichen. Der Vermummte sprang auf und rannte um sein Leben. Etwas Schreckliches war da geschehen, und damit wollte er nichts zu tun haben.

Es war Mitte August, als das alles passiert ist, und bis die beiden Leichen im Stall entdeckt worden waren, sind Stunden vergangen. Erst als die Frau des Bauern ihren Mann vermisste und das Gelände absuchte, fand sie die beiden. Es muss ein grausamer Anblick für sie gewesen sein. Ihren Mann hatte sie zuerst ja gar nicht erkannt, erst als sie im Stall das Licht aufdrehte, erkannte sie ihn an der Kleidung. Sie schrie wie verrückt ins Telefon, nachdem sie die 144 gewählt hatte, die Nummer der Rettung, doch die hatte da nichts mehr tun können. Die beiden Männer waren tot, da hätte man nicht einmal mehr einen Arzt benötigt, um das festzustellen. Der Pokorny lag in einer riesigen Blutlache, und der Lendner, vulgo Pöllibauer, hing daneben. Als die örtliche Polizei kam, wurde die Bäuerin gerade vom Roten Kreuz ruhiggestellt und ins nächste Krankenhaus gebracht.

Die Mordkommission kam aus Graz angereist, und der Inspektor Bischof hatte die Leitung von der ganzen Geschichte. Der wusste gleich, einfach wird das nicht, den Fall zu lösen, denn wer so eine „Sauerei" veranstaltet, den drückt kein schlechtes Gewissen, und der marschiert auch nicht am nächsten Morgen zu einer Polizeidienststelle seines Vertrauens und stellt sich. Der Mensch, der das getan hatte, der musste schon eine gewisse Kaltblütigkeit mitbringen, denn erschießen kann bald einmal jemand, da hat man jetzt nicht so einen Bezug zu dem, den die Kugel trifft, aber erschlagen, da muss man schon ganz nah ran, und vielleicht muss man dem Menschen auch noch in die Augen schauen, bevor der sie dann für immer schließt.

Jedenfalls hatte man sich auf lange Ermittlungen eingestellt. Der Kirchenwirt rieb sich die Hände, denn die ganze Kommission nächtigte bei ihm. Ein gutes Geschäft, so ein Doppelmord – zumindest für den Dorfwirt. Der Gastrolieferant aus Feldbach grüßte ihn jedenfalls seither immer besonders freundlich. Aus der Sicht des Dorfwirtes hatte so ein Doppelmord also durchaus positive

Seiten, zwar waren ihm vielleicht zwei gute Gäste abhanden gekommen, aber dafür war die Polizei tagelang im Haus und auch so mancher Journalist hat sich bei ihm niedergelassen.

Aber nicht, dass ihr denkt, ihr lest jetzt das Ende der Geschichte, und jetzt erzählt er den ganzen Krampf, um am Ende wieder hier am Anfang zu landen. Nein, so ist es nicht – keine Sorge. Es ist ganz anders, als ihr vielleicht denkt.

Manchen Leuten graut es vor diesen kleinen und oberflächlich hübschen Dörfern, wo in jeder Kurve eine Kapelle steht, in der sich jeweils mindestens zehn Leute mit ihren Motorrädern oder Autos den Schädel eingeschlagen haben. Ich habe mich ja oft gefragt, was die sich in den letzten Lebensmomenten so gedacht haben, als sie bemerkten, dass sich die Kurve doch nicht ausgeht, und sie durch die geschlossene Kapelle direkt auf die Jesus-Statue zugeflogen sind. Quasi, bin ich schon im Himmel oder werde ich es gleich sein? Diejenigen, die das Pech hatten und noch ein bisschen bei Bewusstsein waren, bemerkten natürlich sofort, dass sie nicht beim leibhaftigen Messias, sondern lediglich in einer seiner Wochenendhütten gelandet waren. Wenn man jetzt gläubig war und einen auch noch das schlechte Gewissen plagte, weil man gerade in seinem Haus randaliert hatte, dann dürfte sich der Teufel schon die Hände gerieben haben, natürlich nur, wenn man an all das glaubte.

Wenn man so einen typischen steirischen Ort von oben betrachtet, aus der Vogelperspektive, so spiegelt er die Menschen wider, die hier leben. Ein

Hochsommertag, der von Natur aus am Land schon so trostlos ist. Die schnurgerade Straße durchs Dorf, die nur von einer Kurve gestört wird, und genau dort steht eben eine dieser vielen Kapellen. Rundherum unendliche Weiten von Maisfeldern, auf denen nicht einmal eine Maus überleben kann, weil der Bauer von heute weiß sich dagegen schon mit Pestiziden und Insektiziden zu wehren. Da hört man im Sommer kein Rascheln aus dem Acker, geschweige denn das Summen der Bienen oder Brummen der Hummeln.

Maiswüste sagen viele Leute in der Steiermark zu diesen Äckern, und wenn man das Ganze wieder von oben aus ansieht, ja, es ist eine Wüste, auch wenn sie grün ist. Nur bin ich mir nicht sicher, ob es in einer echten Wüste nicht doch mehr Leben gibt als auf diesen Ackerflächen, „Steiermark – das grüne Herz Österreichs", heißt es in der Werbung, vielleicht sind da die Maisäcker gemeint. Die Bauern stellen ja gerne Taferln bei ihren Äckern auf, wo dann steht, wieviel CO_2 jeweils auf dieser Fläche in Sauerstoff umgewandelt wird. Aber man soll nicht zu viel schimpfen, man braucht natürlich diese Äcker, denn die Tiere müssen ja gefüttert werden, damit die Leute danach die Tiere essen können. Alles ein Kreislauf, was macht da schon das bisschen Gift. Es wird doch alles mit den entsprechenden Gütesiegeln in Ordnung gebracht, und somit ist auch der kritischste Mensch ruhig gestellt.

Aber zurück zur steirischen Landidylle von oben. Ein Dorfwirt darf da natürlich auch nicht fehlen und daneben unbedingt die Kirche. Der letzte

Greißler hat vor 20 Jahren zugesperrt, und so beschränkt sich der Klatsch von heute eben auf das Wirtshaus und teilweise noch auf den Kirchplatz. Dort, wo der Greißler und der Fleischhacker früher einmal ihre Läden hatten, stehen heute diese typischen Wohnsiedlungen aus dem Anfang der 2000er Jahre. Alles top gepflegt, da darf man nicht schimpfen, nur mit einem Charme und einer Ausstrahlung - da würde man am liebsten gleich wieder in die Stadt zurück fahren und sich vor die nächste Straßenbahn legen. Da muss man jetzt kein Energetiker sein, um das zu spüren. Hinter und neben den ganzen aufgeräumten und seelenlosen Häusern sind sie dann, die Tierfabriken, aus denen man täglich das Schreien hört oder zumindest etwas grunzen, riechen tut es dort sowieso selten angenehm, und wenn man einmal einen Schweinemastbetrieb gerochen hat, dann weiß man die Stadtluft wieder zu schätzen.

Zwischen den Äckern eingebettet stehen sie da, diese ewig langen Gebäude, hinter deren Mauern Lebewesen gehalten werden. Der Tierarzt müsste hier entsetzlich viel zu tun haben. Es kommt allerdings nicht selten vor, dass dieser ein Teilhaber solcher Stall-Projekte ist. Doppelter Profit sozusagen, kranke Tiere gesund spritzen, damit sie gesund werden oder bleiben, mit Medikamenten vollstopfen und zum Schluss ab zum Schlachthof.

Gewinnmaximierung heißt das Zauberwort. Aber so ein Tierarzt muss ja schließlich auch von etwas leben, und wenn er sich nicht gerade auf Kleintiere spezialisiert hat und den Leuten für ihre

Hunde und Katzen irgendwelche Diätfuttermittel andreht, dann muss er sich nach anderen Zusatzeinkünften umsehen. Wenn man keine Skrupel hat, sind solche Ställe ja eine praktische und sichere Einnahmequelle. Ab und zu kommen dann die LKW, holen ihre Opfer ab und bringen sie zum Schlachthof. Damit die Leute wieder was zum Essen haben und dann so aussehen wie auf den Deix-Zeichnungen. Ich habe mich ja sowieso immer gefragt, wer das ganze Fleisch eigentlich isst, egal mit wem du redest, alle sagen sie, dass sie nur ganz wenig Fleisch essen, und das holen sie nur beim Bauern ihres Vertrauens. Aber ganz kann ich das nicht glauben. Wer sind denn dann die Leute, die in den Wirtshäusern die Schweinsbraten und Wienerschnitzel in ihre Leiber stopfen? Oft sind das die gleichen Leute, die erzählen, wie betroffen sie sind, wenn sie neben einem Tiertransporter fahren müssen. Aber ich sage dazu nichts, weil sie müssen schon selber dahinterkommen, was falsch oder richtig ist.

Aber ich bin vom Thema abgekommen, das ist so ein Laster von mir. Allerdings sind diese Dinge oft gar nicht so unwichtig, um einen Blick für das Wesentliche zu bekommen. Ihr müsst euch in dem Dorf zu Hause fühlen, ihr müsst verstehen, was dort für Sitten und Gebräuche – ja, was für Energien herrschen. Bis in das kleinste Detail hineinfühlen, bis in den Maststall, bis hin zu dem Schwein, das Tag und Nacht eingesperrt ist und das Tageslicht nur einmal kurz zu sehen bekommt – nämlich dann, wenn es zum Schlachthaus fährt. Du musst das Fernweh spüren.

2

Der Pokorny war ja ein gebürtiger Grazer, aber wenn du als Journalist etwas werden willst, dann musst du nach Wien gehen, - zumindest in Österreich - und das hat er auch getan. Nun, Journalist wird man jetzt nicht von heute auf morgen und nach einem Studium passiert es so manchem, dass er nicht bei den großen Medien in Wien landet, sondern im Grazer Puchwerk, oder wie es heute heißt, Magna Steyr Werk. Mit einem Journalismus-Studium kommt man dort auch nicht richtig weiter, und man arbeitet dann wahrscheinlich am Fließband.

Der Pokorny hat das auch gemacht, allerdings nur in den Sommerferien, um sich das Studium finanzieren zu können. Jedenfalls ist er dann in Wien bei einer Zeitung untergekommen, die es heute gar nicht mehr gibt, und er hat nebenbei noch für andere Zeitungen Artikel geschrieben, für ein paar größere aber auch kleinere Blätter. Den großen Durchbruch hat er dann geschafft, als er in Wien einen Polit-Skandal aufdeckte und Akten aus dem Innenministerium veröffentlichte, die auf großes Interesse gestoßen sind. Da sind Gelder geflossen, das kann sich unsereins überhaupt nicht vorstellen. Mit Urlauben oder Opernbesuchen gaben sich die bestochenen Politiker erst gar nicht zufrieden, da ist richtig viel Geld von einem zum anderen gewandert, und bei den Einvernahmen musste sich ein Ex-Politiker die Frage gefallen lassen, was er denn für

Leistungen erbracht hatte für das viele Geld.

Erklärungsnotstand hatten jedenfalls so manche Herren, die ansonsten so gerne in den Fernseh-Seitenblicken in die Kamera lachten oder in der VIP-Loge bei großen Fußballspielen mit dem Schal des einen Klubs herumwinkten, um beim nächsten Match mit einem andersfarbigen Schal das gleiche zu machen. Gesinnungselastische Leute mit einem schweren Hang zur Selbstbereicherung könnte man sagen. Aber nachdem die Regierungsparteien den Untersuchungsausschuss abgewürgt hatten, wurde es recht schnell still um die Geschichte. Da konnte die Opposition noch so rumquengeln, und die Medienlandschaft in Österreich, tja die ist sowieso politisch aufgeteilt in rot und schwarz, da hast du als kleiner Journalist keine Chance. Aber der Pokorny hat sich durch diese Geschichte einen Namen gemacht und ist dann ein freier Journalist geworden, der meist solche Enthüllung-Storys geschrieben hat, die die Leute dann halt gerne im Wartezimmer beim Arzt lesen, um sich von der bevorstehenden Darmspiegelung noch ein bisschen abzulenken. Da geht man dann gleich viel entspannter an die Sache ran. Jedenfalls, der Pokorny hat dann bald einmal in Wien geheiratet und auch noch zwei Kinder gezeugt, nur blöderweise nicht mit der eigenen Frau, sondern mit seinen außerehelichen Ausrutschern – nächtliche Recherchen sozusagen. Das hat ihm die Frau etwas übel genommen, und so durfte Pokorny irgendwann, frisch geschieden, eine Gemeindebauwohnung in Wien-Simmering beziehen.

Nun, was tut das zur Sache, werdet ihr euch jetzt fragen, aber das war eben ein Zeitraffer-Profil vom Pokorny, das mir jetzt gerade so am Grazer Zentralfriedhof durch den Kopf gegangen ist, weil begraben worden ist der Pokorny in seiner Heimatstadt. Irgendwie dürfte man ihn hier aber vergessen haben, denn ich schätze, da waren so 20 Leute bei den Trauerfeierlichkeiten, und gefühlte 18 davon sind aus Wien angereist. Kollegen und auch ein oder zwei Politiker waren dabei, wahrscheinlich um nachzusehen, ob der Pokorny auch wirklich tot war. Ein paar Blumen, Kranzspenden nicht erwünscht, einen Schal des SK Sturm Graz hat man ihm auf den Sarg gelegt, und ab ging es in die Ewigkeit.

Da bleibt nicht viel übrig von einem. Die Leute gehen nach Hause, und spätestens auf der Autobahn telefonieren sie schon wieder über den Alltag, da hat dann keiner mehr die Zeit, darüber nachzudenken, wieso der Pokorny eigentlich in einer Schweinefabrik eine über den Schädel bekommen hat und wieso der Lendner, vulgo Pöllibauer, mit seinen Haxen verkehrt herum von der Decke gebaumelt ist.

Der Lendner war der Schweinefabriksbesitzer. Der ist übrigens in seiner oststeirischen Heimatgemeinde würdig beigesetzt worden, da waren mindestens 300 Leute anwesend. Der Pöllibauer, wie sie ihn dort nannten, war schon sehr bekannt. ÖVP-Gemeinderat, Obmann des Verschönerungsvereins, Feuerwehrkommandant, Sektionsleiter beim dortigen Fußballverein und leidenschaftlicher Jäger, wie fast alle Bauern im Dorf.

Ein „Hans Dampf in allen Gassen" sozusagen ist dieser Pöllibauer gewesen. Aber auf dem oststeirischen Friedhof hatten die Sargträger nicht mehr so schwer zu tragen, denn in seinem eigenen Stall hatten sich seine tierischen Opfer zuvor schon bitter an ihm gerächt. Sie haben den Pöllibauer, wie soll ich sagen, abgenagt. Da hat die Spurensicherung einiges zu tun gehabt, weil die Spuren in dem voll belegten Schweinestall etwas verwischt worden waren. Die Massentierhaltung hat halt auch für die Polizei negative Folgen, nicht nur für die Tiere und für die Umwelt.

Es gab endlose Ermittlungen in diesem Fall. Von der Ost-Mafia war oft die Rede, Einbrecher, die Mordopfer selbst sind jeweils abwechselnd verdächtigt worden, den anderen umgebracht zu haben, obwohl – so realistisch muss man jetzt auch wieder sein... Erst einem den Schädel einzuschlagen und sich dann verkehrt herum an den Füßen aufhängen ist jetzt auch nicht besonders schlau, um den Verdacht von sich abzulenken. Aber die Gerüchte, ihr wisst ja wie das am Land so ist. Heiße Spur hat es keine gegeben. Für das war der Pöllibauer zu sehr von den Schweinen hergerichtet worden, und der Pokorny ist ja sowieso nur ein Zufallsopfer, hatte man gedacht.

Jedenfalls ist Bischofs Kommission nicht weitergekommen, und nach ein paar Wochen war das große Geschäft für den Dorfwirt zu Ende, und die Beamten kehrten nach Graz zurück, um von dort aus ihre Ermittlungen weiter zu führen. Natürlich tauchten sie noch ab und zu in der Gegend auf, um dem einen oder anderen Hinweis nachzugehen, aber so richtig Brauchbares war da nicht dabei.

Der Pöllibauer ist ja ein richtig großer Bauer gewesen, und Geld hat er gehabt, da konnten die meisten anderen nur davon träumen. Und so wie bei allen, die Geld haben, hatte er ein Testament und Versicherungen. Die Versicherungsgesellschaft hatte natürlich großes Interesse daran, dass Licht in die Sache kommen sollte, denn der Bauer hatte eine Lebensversicherung abgeschlossen, für den Fall der Fälle, und seine Kinder würden dann die Nutznießer sein.

Nach einem halben Jahr war der Fall so gut wie bei den Akten. Zumindest für die Polizei, denn man wartete auf den Kommissar Zufall, der hoffentlich bald Regie führen würde.

Die Versicherung hat dann einen Privatdetektiv engagiert, um das Ganze nicht komplett abkühlen zu lassen, und der war dann im Dorf beim Dorfwirt und versuchte halt sein Glück. Allerdings müsst ihr wissen, dass so Städter wie dieser Privatdetektiv nicht unbedingt beliebt sind in solch kleinen Ortschaften, denn man bemerkte sofort, dass er ein Fremder war und mit dem Landleben so gar nichts am Hut hatte. Am Abend, wenn er sein Essen beim Dorfwirt einnahm, und die Dorfbauern versammelt an ihren Tischen waren, wurde er zwar wahrgenommen und beobachtet, aber es war ganz klar, für voll genommen wurde er nicht. „A Student!", waren da noch die nettesten Worte in Richtung des Privatdetektivs, obwohl dieser schon längst die 30er überschritten hatte. Irgendwie hat er sich geschmeichelt gefühlt, dass sie ihn noch immer so jung geschätzt haben. Er hat ja nicht gewusst, dass für die Leute „Student" so ziemlich das schlimmste Schimpfwort war, und wenn es erlaubt gewesen wäre, hätten sie ihn wahrscheinlich mit ihren Mistgabeln verjagt.

Nur der Michalitsch Toni, ein Trinker und Witwer, redete mit ihm, wahrscheinlich deshalb, weil sonst niemand mit dem Toni reden wollte. Er war so einer, den es in jedem Ort gab, einer der für Heiterkeit sorgte, wegen seinem Sprachfehler und seinem Trinkverhalten. Ein kleiner Mann, der am Sonntag immer beim Dorfwirt mit seinem braunen Anzug auftauchte um dort zu essen. Er aß alles und wenn es eine Zitrone zum Schnitzel gab, so wurde die zum Schluss auch gegessen und zwar mit der Schale. Das war der Michalitsch Toni.

Der Toni kümmerte sich so ein bisschen um den „Studenten", aber die anderen Leute ließen ihn auf Granit beißen. Er konnte sich noch so bemühen, in dem Fall weiterzukommen, die Leute wollten ihn einfach nicht.

„Hast den Mörder schon gefasst, hast ihn schon, den Mörder? He Detektiv, hast ihn gefunden? Du sagst mir eh, wenn es so ist gö? Ich sag's eh niemandem weiter!", so begrüßte der Michalitsch Toni fast täglich den „Studenten". Der war ja fast froh, dass es wenigstens irgendjemanden gab, außer dem Wirt, der ihn nicht komplett ignorierte.

„Toni, jetzt fragst mich glaube ich schon zum 100. Mal das Gleiche, nein ich habe keinen Mörder gefasst. Wenn nicht einmal die Polizei weiterkommt,

wie soll ich das denn alleine so schnell schaffen?",
fragte er sich wohl mehr selber als den Toni. Der Toni
hatte ja eine Art, dem konntest du nicht böse sein,
obwohl er fast so etwas wie die Aufdringlichkeit in
Person war.

„Sagst es mir dann eh gleich, wenn'st ihn
erwischt hast, bitte sag's mir dann, ich möchte es als
Erster wissen, also gibst mir dann bitte gleich
Bescheid, gö? Bitte, Herr Detektiv!"

Der Detektiv war ja sonst ein geduldiger
Mensch gewesen, aber heute war er etwas
geschlaucht, das Wetter, der Mond, oder sonst
irgendetwas stimmte nicht und hat ihm die Energien
entzogen. Wenn man sowieso nicht voll auf der Höhe
ist, dann hält man auch den an sich netten aber doch
anstrengenden Toni nicht so leicht aus und versucht
ihm eher zu entkommen. Nur der „Student" hatte
keine menschlichen Alternativen in diesem
Wirtshaus, und der Wirt hat auch nur dann mit ihm
geredet, wenn es zum Abrechnen war.

So kam es, wie es kommen musste, der
Detektiv, der überhaupt keinen Zugang zu den Leuten
gefunden hatte, ist nach einem Monat wieder
verschwunden. Der Dorfwirt war „angefressen", weil
ihn dieser angeblich um die gesamte Zeche geprellt
haben sollte. Das Zimmer hat er immer wöchentlich
bar im Voraus bezahlt, und so hat der Wirt es
schließlich bei einer schlechten Nachrede über den
„Studenten" belassen. Seinen Namen hat ohnehin
niemand gewusst, weil er eben „der Student" oder
„der Detektiv" war, den irgendjemand geschickt
hatte, um den Fall aufzuklären. So genau hat das

niemand gewusst, und eigentlich wollte das auch niemand so genau wissen, denn dann hätten sie ja nicht so viele Geschichten erfinden können über ihn, und Spekulationen verbreiten. Die Wahrheit ist ja dann oft nur halb so spannend, und das haben die Leute gewusst.

Jetzt, nach fast einem Jahr, redet beinahe niemand mehr über den Fall im Dorf, und es will auch niemand daran denken. Es sind ja Freundschaften daran zerbrochen, weil falsche Gerüchte in Umlauf gebracht worden waren, und Unwahrheiten schweißen die Leute ja bekanntlich selten zusammen.

3

Jedenfalls musste etwas geschehen, um den ganzen Fall wieder ins Rollen zu bringen. Es war an einem dieser Hochsommertage, an denen man glaubt, die Luft steht, und wenn sich die Sonne endlich hinter dem Horizont vertschüsst, dann kühlt es noch immer nicht ab. Diese Trostlosigkeit am Land ist dann besonders schlimm. Wenn man dasitzt und die Kleidung verschmilzt mit dem Körper, und das Lauteste ist das Summen einer Fliege, dann ist Sommer. Ich habe das sowieso nie verstanden, was die Leute an der Hitze mögen, aber bitte, jeder wie er will.

Jedenfalls war wieder jemand tot aufgefunden worden. „Wie lange liegt er schon hier?", fragte der Inspektor Bischof die Gerichtsmedizinerin, Frau Dr. Helene Prettenthaler. Die Angesprochene erwiderte: „Schwer zu sagen, vielleicht ein halbes Jahr."

Der Bischof und die Prettenthaler - die zwei waren schon ein ganz eigenes Gespann. Oft haben sie nicht direkt miteinander zu tun gehabt, aber die paar Mal, in denen sie beruflich aufeinandergetroffen sind, da hat es, um es vorsichtig auszudrücken, leichte Spannungen gegeben. Das liegt wahrscheinlich in der Natur der Sache. Der Eine will einen Fall aufklären und sieht die Zeitungsschlagzeilen, und die Andere will keine falschen Angaben machen, um sich nicht vor den Kollegen lächerlich zu machen. Jedenfalls hatte sie es auch in diesem Fall nicht besonders leicht.

Neben den Bahngeleisen ist etwas vormals Menschliches gelegen, so zugerichtet, dass man nur an der Kleidung erahnen konnte, dass es sich wohl um einen Mann gehandelt hat. Da zwischen den Büschen sind die Teile gelegen, und hätten nicht ein paar Wildschweine angefangen, die Leiche aufzuteilen und auf den Geleisen die Stücke in mundgerechte Teile zu zerlegen, dann hätte dies der arme Lokomotivführer nicht sehen und melden müssen. Er hat ja schon von weitem Signal gegeben, und die Wildschweine zischten in die Gebüsche, aber die Reste auf den Geleisen sind liegen geblieben.

Der arme Mann hatte erst vor einem Monat eine lebensmüde Frau überfahren. Er hatte immer wiederholt, dass das seine letzte Fahrt sein würde, obwohl, diesmal konnte er wirklich nichts dafür, dass der da jetzt lag. Aber auch bei der Lebensmüden hatte er keine Chance gehabt. Auf der gleichen Strecke ist sie neben den Geleisen gestanden und kurz bevor die Lok heranraste, ist sie vor den Zug gesprungen. Den Lokomotivführer jedenfalls hat das sehr mitgenommen. Züge sind bei Menschen, die nicht mehr weiterleben wollen, halt sehr beliebt.

Bischof, der sich ohnehin nicht wirklich eine aussagekräftige Antwort auf seine Frage erwartete, wie lange die Leiche schon hier gelegen hatte, und wusste, wie knausrig die Gerichtsmedizinerin auch sonst so mit ihren Angaben war, wollte, ja, musste die Frage trotzdem stellen. Die Prettenthaler hat sich nicht anmerken lassen, wie unglücklich sie darüber war, nur ganz unpräzise Angaben liefern zu können, und hat ihm ganz locker geantwortet, als ob er gefragt hätte, wann sie auf Urlaub fahren würde. „Da im Osten bleiben die Leichen selten in einem Stück", versuchte Bischof die Atmosphäre aufzulockern und verkniff sich sogar irgendeinen billigen Spruch, der so ähnlich geklungen hätte wie: „Der hat wohl Schwein gehabt". Solche Schenkelklopfer-Witze kommen an einem möglichen Tatort nicht so toll an, schon gar nicht bei einer Gerichtsmedizinerin. Wieder ein Fall, wo vom Opfer wenig übrig geblieben war und man nur hoffen konnte, den genauen Tathergang rekonstruieren zu können. Natürlich nur, wenn es überhaupt eine Tat gab. Ob es sich um einen Unfall handelte, konnte nicht ausgeschlossen werden.

Ein Kollege von der Spurensicherung meldete dem Bischof, dass er in der Hose der Leiche einen Führerschein gefunden hatte. Das war schon einer von den neuen im Plastikkarten-Format. Auch wenn die Plastiksackerl-Verweigerer jetzt vielleicht schimpfen, aber in dem Fall war der Plastik-Führerschein für die Polizei sehr hilfreich. Ralf Berger hieß der Mann, und er war im Dorf bekannt gewesen als „der Student" oder „der Detektiv".

Die Zeitungen schrieben täglich darüber, es war schließlich Sommer und in einem solchen gibt es meist ein Neuigkeiten-Loch. Aber die Leute wollen schließlich auch im Sommer unterhalten werden, da kommt so ein Mord genau richtig. „Bis wann wissen wir etwas Genaueres?", wollte der Bischof noch wissen, und die Prettenthaler meinte, dass sie wohl in vier Tagen den Bericht liefern könnte.

Jedenfalls hieß das für den Bischof wieder, dass er in dem Ort bleiben musste, wo er schon einmal Wochen zugebracht hatte und ohne Ergebnisse nach Graz heimgekehrt war. Doch diesmal war der Erwartungsdruck der Öffentlichkeit groß. Drei Tote innerhalb von einem Jahr in einer so kleinen Gemeinde. Da waren die Leute schon etwas neugieriger als sonst, und am Abend ist die Eingangstüre nochmals sorgfältig kontrolliert worden. Man weiß ja nie!

Der Dorfwirt freute sich über das Wiedersehen und bewirtete die Beamten bevorzugt. Am Abend gab es Schweinsbraten mit Sauerkraut und Semmelknödeln für den Bischof und dessen Kollegen Kiendl. Der Bischof ist nach dem fetten Essen und einem Bier gleich in sein Zimmer. Er wollte ja auf seinem Notebook noch den Tag zusammenfassen. In dem kleinen Raum machte er es sich auf dem Bett bequem und begann zu schreiben. Es gab ja einiges, das niedergeschrieben werden musste.

Irgendwie störte ihn der uralte Zigarettengeruch, der in der Luft lag. Obwohl in dem Zimmer Rauchverbot herrschte, roch er ihn noch ganz deutlich. Er als ehemaliger Raucher konnte hinter Autos herfahren und genau sagen, ob der Autofahrer vor ihm im Auto rauchte oder nicht, zumindest im Stadtverkehr. Er hatte eine Nase für den Zigarettenrauch entwickelt, unglaublich. Die Kollegen wollten ihn schon einmal dazu überreden, sich bei „Wetten dass" zu bewerben, aber der Bischof war jetzt nicht so einer, der gerne in der Öffentlichkeit stand. Man sagt ja, dass die ehemaligen Raucher die schlimmsten Rauchgegner werden, falls sie es einmal schaffen, von dem Zeug loszukommen. Auf den Bischof traf das sicherlich zu. Jedenfalls ist er dann beim Schreiben eingeschlafen, und man könnte denken, dass er vom fetten Essen schlecht geschlafen oder schlecht geträumt hat, nein, es war ihm zumindest kein Traum in Erinnerung geblieben, weil er anscheinend zu müde zum Träumen war, oder er war zu müde, dass er sich die Träume hätte merken können.

Als er wieder munter wurde, klopfte es an der Türe. Es war sein Kollege Kiendl, der ihn schon vermisste. Bischof hatte verschlafen, was aber nicht so schlimm war, weil es ja bei solchen Einsätzen keinen geregelten Dienst gab und bei drei Toten ohnehin genügend Stunden gemacht wurden.

An diesem Tag wollten sich die beiden im Dorf etwas umhören, um an Spuren zu kommen, die zur Aufklärung der Morde führen sollten. Nun, wo beginnt man am besten mit den Ermittlungen in so einem kleinen Ort? Richtig, beim Dorfwirt, und da waren sie ja schon und nahmen ihr Frühstück ein.

Der Dorf- und Kirchenwirt Alois Steindl, den alle nur Luis nannten, setzte sich zu den beiden Beamten und quatschte ungefragt drauf los. Sie mussten gar keine Fragen stellen und erfuhren trotzdem alles über die Streitigkeiten im Dorf und über Neider und, und, und. „Der Pöllibauer, der war schon ein ausgefuchster Teufel, der hat gewusst, wie man zu Geld kommt", meinte der Luis und rührte seinen Kaffee um. „Dem haben schon die halben Grundstücke im Ort gehört, der hat genau gewusst, wenn wer in Not war, und dann war er der Erste, der den Leuten einen Vorschlag gemacht hat, um ihnen meistens ein Grundstück, einen Acker oder ein Stück Wald abzunehmen". Der Bischof war noch im Halbschlaf und ist erst so langsam in die Gänge gekommen, meinte aber dazu: "Also war er jetzt nicht unbedingt beliebt bei euch, oder?"

„Beliebt sicher nicht, eher gefürchtet, - der größte Bauer weit und breit, und das hat er halt die Leute spüren lassen. Ein bisschen ein Angeber war er schon, mit seinem fetten Mercedes. Oder wenn er mit seinem 200.000 Euro teuren Traktor seine Runden gemacht hat", sagte der Kirchenwirt. „Aber deshalb bringt man ja niemanden um", fügte er noch schnell hinzu.

„Hat er richtige Feinde gehabt im Ort?", wollte Bischof wissen. „Nein, da waren nur die üblichen Streitereien, nichts Besonderes, er war halt überall dabei, und wenn sich jemand politisch engagiert, dann hat man halt nicht nur Freunde", meinte Luis.

Der Luis Steindl war so ein richtiger Wirt, wie man ihn sich vorstellt. Groß, eine weiße Schürze umgebunden und einen kleinen Bierbauch, der zu seinen roten Backen im Gesicht passte. Dazu noch sein Zwirbelbart, und das Gesamtpaket machte ihn zu einem Original des Dorfes.

„Und hatte er nebenbei irgendwelche Gspusis?", fragte der Kiendl. - „Nein, der Pöllibauer sicher nicht, der hatte nur Geld und seine Arbeit im Kopf".

Ein ganz normales Dorfleben, dachte sich der Bischof und erhob sich vom Tisch, um dem Kiendl ein Zeichen zu geben, dass sie es langsam angehen sollten mit den weiteren Befragungen. Das Dorf war zwar nicht groß, aber die Ermittlungen sind am Land deshalb schwierig, weil die meisten berufstätigen Menschen entweder in Graz oder in Wien arbeiten und dadurch erst spät am Abend oder überhaupt nur am Wochenende nach Hause kommen. So blieben unter der Woche nur die übrig, die entweder schon in Pension waren oder keine Arbeit hatten oder eben die Vollerwerbsbauern. Auf die wollten sich die beiden Kriminalbeamten zuerst konzentrieren. Aber zuvor fuhren sie zum Hof von Pöllibauers Familie, um sich noch einmal den Stall anzusehen.

So ein Schweinestall sieht ja fast überall gleich aus, und oft hat ihn auch die gleiche Firma gebaut. Da gibt es eigene Firmen, die sich auf solche Bauten spezialisiert haben. Der Tatort lag etwa 150 Meter weg vom Wohnhaus der Pöllibauer-Familie. Man sah zwar von dort direkt auf den Stall, aber Ställe hatten neben dem Hauptzugang immer mehrere Nebeneingänge, und auf diese wollte sich der Bischof heute konzentrieren.

Vielleicht hatte die Spurensicherung etwas übersehen. Der Stall hatte an allen Seiten Türen, die verschlossen waren, und natürlich Fenster, die aber so verdreckt waren, dass man nur erahnen konnte, was sich hinter diesen verbarg. Durch eine dieser Türen musste der Täter damals hineingekommen sein. In Zeiten, in denen Tierrechtler auf eigene Faust recherchieren und Film- sowie Fotomaterial an die Öffentlichkeit bringen, beginnen die Bauern sich schön langsam zu wehren und installieren Video- oder Alarmanlagen, wobei die Alarmanlagen aber eher für die Einbrecher gedacht waren, die in der Nacht kamen und mit ganzen Apparaturen von solchen Ställen abfuhren, um sie dann irgendwo in Osteuropa zu verkaufen.

Ob sich Tierrechtler und Einbrecher in die Quere gekommen waren? Aber wieso mussten dann der Pöllibauer und der Pokorny dran glauben? Die Pöllibauers jedenfalls sagten aus, dass es weder Alarmanlagen noch eine Videosicherung im Stall gab. Sie hätten sich immer sicher gefühlt, weil das Wohnhaus ja fast direkt neben dem Stall lag. Für Einbrecher und Diebe wäre es schon ziemlich schwierig gewesen, hier Anlagen abzubauen und fortzuschaffen. Solche Anlagen sind ja heute richtige Hightech-Dinger von enormem Wert. Computergesteuerte Futterzufuhren für die Tiere und auch die Luftzufuhr wird gesteuert, die Schweine sollten den Schlachttag erleben, denn sonst wäre es ja ein wirtschaftlicher Ausfall und das mögen Schweinebauern gar nicht. Wenn die hier keine Videoüberwachung hatten, dann vielleicht ja der Nachbar, der Kroissbauer, 400 Meter weiter von den Pöllibauers – der nächste Schweinemastbetreiber.

Das ist ja so, dass sich die Bauern von heute gerne zusammenschließen, um die Kosten gering zu halten. Da macht man dann einen Ring oder eine Gesellschaft, und man kann die Kosten bei Futtermitteln oder Tierarzt geringer halten, als wenn

man das alles alleine aushandeln müsste, und Fördergelder gibt es meistens auch noch, denn der moderne Bauer ist politisch ja super vernetzt.
Der Kroissbauer war zu Hause, als unsere beiden Beamten auftauchten, und als Draufgabe hatte dieser Bauer auch eine Videoüberwachung installiert.

„Und, - was drauf auf den Videos?", fragte Bischof den Kroissbauern.

„Keine Ahnung, es hat keine Auffälligkeiten gegeben, ich habe mir die Sachen nie wirklich angesehen. Ich habe das eher zur Abschreckung für die scheiß Tierschützer aufgebaut. Aber bei mir sind die bis jetzt nicht gewesen. Ich habe das selber installiert, hat nur ein paar Hunderter gekostet und es wirkt super", meinte der Kroissbauer trocken.

„Wie lange kann man das zurückverfolgen?", wollte Kiendl wissen.

„Ewig und drei Tage, denn ich überwache nur den Außenbereich bei den Eingängen, wo ich vom Haus aus nicht hinsehe, und das mit einem Bewegungsmelder, da kann meine Festplatte jahrelang Material speichern.",

Das nennt man einmal einen Erfolg, dachten sich Bischof und Kiendl, und sie durften die Festplatte vom Kroissbauern zur Auswertung mitnehmen. Sollten Einbrecher oder Tierschützer unterwegs gewesen sein, dann konnte man doch annehmen, dass sie nicht nur beim Pöllibauer ausgekundschaftet hatten, sondern auch bei den anliegenden Tierfabriken. Bischof sollte Recht behalten, und er spürte, wie sein Herz schneller schlug, als Leute auf dem Film zu erkennen waren.

Nur was er zu sehen bekam, war nicht sehr zufriedenstellend. Schwarze Gestalten waren da auf dem Film, die sich an der Tür zu schaffen machten und einige Minuten später im Stall verschwanden. Aufpasser und Ausführende, bewaffnet mit Taschenlampen und Werkzeug, die in kurzer Zeit das Türschloss zum Stall geknackt hatten. Tierrechtler, die Material sammelten - eindeutig. Nichts wurde entwendet, kein Schloss zerstört, keine Spuren, einfach nichts.

Die schwarz Gekleideten konnte man trotz der guten Bildqualität auch unmöglich identifizieren. Bischof studierte die Aufnahmen immer wieder. Nichts Brauchbares war zu finden. Schwarz gekleidet waren die Leute, da müsste man die ganze Tierrechtsszene zum Verhör laden. Aber was war mit Datum und Zeit? 16. Dezember 2005, 15:12 Uhr stand da auf dem Film. Das war wohl eher unglaubwürdig. Der Kroissbauer hatte die Werkseinstellungen einfach beibehalten und die Uhrzeit hatte er auch nicht umgestellt. Also war da ein bisschen Rechnen angesagt beim Kiendl und beim Bischof, aber es stellte sich dann heraus - Volltreffer!

Die Leute waren genau am Abend des Doppelmordes zumindest hier in diesem Stall gewesen. Es war also anzunehmen, dass sie nicht aus dieser Gegend stammten und mehrere Ställe ausgekundschaftet hatten, um an Bildmaterial zu gelangen. Immer wieder war ein Blitzen auf dem Film zu sehen, das wahrscheinlich vom Fotoblitz der Eindringlinge stammte. Das war die erste wichtige

Erkenntnis nach so langer Zeit.

Nun hieß es am Abend im Internet zu recherchieren, ob es irgendwo auf diesen einschlägigen Seiten den Stall zum Wiedererkennen gab. Ein hartes Stück Arbeit, denn wie schon erwähnt, schauten diese Schweineställe alle sehr ähnlich aus. Nach vielen Stunden des Durchstöberns gab Bischof auf. Keine Chance auf Erfolg, obwohl er sich bemühte, sich jedes Detail des Tatortes einzuprägen. Tausende Fotos und viele Videos fand er im Netz, aber die könnten überall aufgenommen worden sein, außer denen, wo die Aktivisten die Koordinaten über Navis aufleuchten ließen, die konnte man klar dem Ort und dem Hof zuordnen.

Das war für die Tierrechtler als Beweisführung sehr wichtig, um bei eventuellen Klagen der Bauern einen Nachweis für die Echtheit des Materials zu haben. Bischof war ratlos und rief die Kollegenschaft in Graz an und forderte sie auf, ebenfalls im Netz nach Videos und Fotos zu suchen, auf denen der Tatort oder der Stall vom Kroissbauer oder noch besser vom Pöllibauer abgebildet sein könnte.

Tagelang wurde das Internet durchforstet. Bischof war enttäuscht und setzte sich alleine ins Auto, um nach Graz zu fahren. Dort stöberte er bekannte Tierrechtler auf, um diese zu befragen. Bei einer Dauerdemonstration vor einem Pelzgeschäft traf er auf Aktive der Szene und gab sich gleich als Polizist zu erkennen. Dass die Freude nicht riesig war, von dem war auszugehen, doch die Leute waren ruhig und gelassen und versuchten dem Polizisten keinen Grund zu geben, um stutzig zu werden.

„Und? Seid ihr öfter in der Nacht unterwegs?", fragte Bischof ohne Umschweife die Aktivisten, während er sich mit seiner Dienstmarke in der Hand auswies. Die Antwort ließ auf sich warten. Sie wussten, worauf er hinaus wollte, und auf das stiegen sie nicht ein. Für das waren sie geschult worden, um auf derartige Fragen nicht zu antworten. Doch Bischof erzählte mit aller Offenheit, die ein Beamter der Mordkommission so an den Tag legen konnte, worum es eigentlich ging, und dass es mittlerweile drei tote Menschen zu beklagen gab.

Sehr beeindruckt schienen die Leute nicht zu sein, sie schienen den Fall über die Medien zu verfolgen, und Bischof drohte ihnen, dass er sie einzeln vorladen werde, wenn sie nicht hier mit ihm reden wollten.

„Wir sind keine Einbrecher und keine Vandalen", sagte der Jüngste der dreiköpfigen Runde.

„Aber nachschauen tut ihr gerne, oder? In Ställen, und fotografieren oder filmen tut ihr doch auch gerne.", setzte Bischof etwas bissig nach.

„Wir wissen nicht, wovon sie reden, wir machen nichts Verbotenes, und die Demo heute ist angemeldet", sprach anscheinend der Chef der Runde, der Kurt Zittel hieß.

„Also zählen für euch nur die Tiere und die Menschen nicht", versuchte Bischof zu provozieren, aber auf eine Antwort wartete er vergeblich.

„Na gut, eure Namen habe ich ja schon von den Kollegen, ich erwarte euch in den nächsten Tagen im Büro, mal sehen, ob ihr dort dann gesprächiger seid", meinte Bischof drohend.

Mit seiner Einschüchterungstaktik hatte er auch keinen Erfolg. Grußlos verließ er die Tierschützer, um sie aus der Ferne noch etwas zu beobachten. Keine Reaktionen. Die Leute schienen nicht einmal über den Vorfall untereinander zu reden, sondern konzentrierten sich ganz auf die Demo, um die Leute über das Leid hinter Pelztierkleidung aufzuklären.

Entweder waren sie extrem schlau oder sie hatten keine Ahnung oder aber es hatte der eine oder andere eine Ahnung und wollte das auch die Mitstreiter nicht wissen lassen. Jedenfalls führte an der Befragung im Büro kein Weg vorbei.

Wieder ins Dorf raus und dann zurück nach Graz, um dann wieder ins Dorf zu fahren..., dachte sich der Bischof verärgert. „Wenigstens Überstunden", murmelte er, um einen Trost für den großen Aufwand zu finden. Langsam fuhr er aus der Stadt über die Kärntner Straße, wo sich Autohaus an Autohaus reihte, nur unterbrochen von Laufhäusern, Supermärkten und roten Ampeln. Es ist ja oft so in Graz, dass man für die fünf Kilometer auf der Kärntner Straße länger benötigte als für die 40 km in die Oststeiermark, zumindest wenn man mit dem Auto unterwegs war.

Endlich war er auf der Autobahn Richtung Gleisdorf, und seine Gedanken waren noch immer bei den Tierschützern, die er soeben besucht hatte. Was bewegte diese Leute, mitten in der Nacht aus der Stadt raus zufahren und in fremde Ställe einzubrechen? War es eine Art Selbstbestätigung oder wollten diese Leute Helden sein? Vielleicht waren sie auch wirklich nur altruistisch veranlagt und legten keinen Wert auf Anerkennung.

Als vor einigen Jahren verdeckte Ermittler in der Tierrechtsszene recherchierten und bis an die Basis dieser Gruppen vordringen konnten, selbst da konnte nicht nachgewiesen werden wie gewisse Dinge vorbereitet wurden und wer dahinter steckte. Obwohl sie anscheinend in Kleingruppen arbeiteten, wussten sie selbst voneinander recht wenig und schon gar nicht, wenn Personen in Aktionen nicht involviert waren.

Es war nicht so wie bei den Fußballfans, die mit ihren Taten in den Lokalen herum prahlten und es alle wissen ließen, die es nicht hören wollten. Da hatte die Polizei meist ein leichtes Spiel. Die verdeckten Ermittler von damals erfuhren die Geheimnisse des Flugblattgestaltens, wie man eine Demo bei der Polizei anmeldet, wie man Transparente malt oder wie man einen Vortragsabend organisiert. Manchmal gab es auch vegane Kochkurse und vor Weihnachten war veganes Backen angesagt. Alles in allem eine Gruppe von netten Menschen, die sich für andere Lebewesen einsetzten und dafür bereit waren, ihre Zeit und ihr Geld zu opfern.

Während Bischof so in Gedanken war, hieß es für ihn schon „in zwei Kilometern verlassen sie bitte die Autobahn in Richtung Feldbach." Sein Navigationsgerät war an, obwohl er es in dieser Gegend eigentlich gar nicht brauchte. Eine Angewohnheit von ihm, um auch vorgewarnt zu werden, wenn es Staus oder sonstige Probleme auf den Straßen gab. Jetzt begann die Gegend, in der man Kilometer für Kilometer Tierfabriken sehen konnte. Meist Hühner- aber ab und zu auch Schweinemastfabriken. Man konnte an der Bauweise der Ställe erkennen, was sich darin befand. Je weiter es in den Süd-Osten ging, desto höher war die Wahrscheinlichkeit, auf große Schweineställe zu stoßen.

Bischof fuhr immer tiefer in den steirischen Osten hinein und dachte jetzt an seinen Kollegen Kiendl. Es war nur zu hoffen, dass dieser etwas Neues herausgefunden hatte während Bischofs Abwesenheit. Als sie sich beim Abendessen beim Luis trafen, waren beide etwas frustriert. Der Kiendl hatte sich mit der Familie des getöteten Pöllibauern beschäftigt, aber auch er war nicht wirklich weitergekommen.

Die Maria Lendner vulgo Pöllibauer war eine attraktive, 45jährige Frau, der man aber ansah, dass das letzte Jahr, seit dem Tod ihres Mannes, Spuren hinterlassen hatte. Der Kiendl hatte sie im Bauernhaus besucht, und schon beim Betreten des Gebäudes bemerkte man, dass hier getrauert wurde. Ein Tisch neben der Eingangstüre, ein Foto vom Pöllibauer mit einem schwarzen Rand, und Kerzen durften auch nicht fehlen. Dahinter hing ein Kreuz. Wie ein kleiner Altar sah das aus. Nichts Ungewöhnliches, wenn wer am Land stirbt, aber für einen Städter, wie es eben der Kiendl war, war das doch seltsam anmutend.

Die Lendner schien richtige Muskelpakete zu

haben. Aber definierte, schöne, weibliche – wie eine Sportlerin. Sie arbeitete alleine auf diesem Hof, der neben den Schweinen auch noch viele andere Aufgaben bereithielt. Das Holz für den Winter, der Mais für die Tiere, die Reparaturarbeiten an der Gerätschaft und rund ums Haus die vielen Dinge des Alltags. Alles, was sie davor zu zweit erledigt hatten, musste sie nun alleine schaffen. Die Kinder waren beide in Graz und voll mit ihren Studien beschäftigt, und sie kamen nur am Wochenende nachhause, um zu helfen. Da blieb niemals Zeit um durch zu schnaufen.

Aber der Kiendl war ja nicht gekommen, um sie zu bedauern. Er wollte endlich mehr Klarheit. Er dachte sich, dass vielleicht nach einem Jahr der Trauer die arme Frau gesprächiger sein würde, oder dass es überhaupt eine Art Psycho-Hygiene für sie sein könnte, einmal über alles zu reden. In der Dorfgemeinschaft sprach man nicht über solche persönlichen Dinge, das könnte als Schwäche ausgelegt werden, und schon gar nicht, wenn man die Witwe vom Pöllibauer war.

Die Pöllibäurin war keine große Rednerin. Sie war sehr höflich und bot dem Kiendl ein Glas Most an, und die beiden setzten sich vor das Haus. Alles top gepflegt, das muss man schon sagen, und der Kiendl wunderte sich, wie sie das alles fast ganz alleine schaffen konnte. „Mein Mann war ein Bauer, ein Geschäftsmann und ein Mann der Dorfgesellschaft, Männer von solch einem Schlag findet man selten", hatte sie angefangen zu sprechen, bevor der Kiendl noch etwas fragen konnte.

„Kann es sein, dass er Eifersüchtler hatte?", fragte

Kiendl die Lendner, und tat so, als ob ihr diese und all die anderen Fragen nicht schon längst vor einem Jahr gestellt worden wären.

„Natürlich, aber da stand er drüber, er war halt der geborene Redner und Macher, das finden nicht alle Leute gut. Aber er war einer, auf den man sich verlassen konnte und der seine Kinder liebte und mich auch", meinte sie.

„Gab es irgendein Projekt, oder irgendetwas in der Vergangenheit, wo er sich Feinde gemacht hat?" fragte der Kindl.

„Nein, wir waren mehr als 20 Jahre verheiratet, Drohungen oder ähnliches hat es nie gegeben, vielleicht ein paar eifersüchtige Männer, als wir ein Paar geworden sind, aber mehr war da nicht, und das ist auch schon so lange her, und die Eifersüchtler von damals sind heute auch schon alle verheiratet oder gar schon wieder geschieden", sagte sie, und dabei kam ihr fast ein Lächeln aus.

Das ist ja oft so, eine schöne Frau und ein eher nicht so schöner Mann, weil der Pöllibauer war vieles, aber sicher kein Adonis, da fragt man sich oft, wie sich die gefunden haben, und noch mehr, wie solche Beziehungen halten können. Aber die Pöllibauers hatten so eine Beziehung, da gab es nichts daran auszusetzen. Liebevolle Ehefrau und umtriebiger Mann, so konnte man die beiden am ehesten beschreiben. Da blieb wenig Zeit zum Streiten oder für irgendwelche Eifersüchteleien.

Der Kindl dachte kurz an seine Beziehungen zurück, kurz waren sie ja alle gewesen. Kurz schön, danach war es bald weniger schön, und bevor es ganz schlimm geworden war, hatte man sich schon wieder getrennt. Dabei hätte er sich nichts anderes gewünscht, als die Eine. Naja, so ist das im Leben, man kann nicht alles haben. So war er ein mehr oder weniger frustrierter Single, der, wenn Zeit blieb, sich auf Internet-Partnerbörsen herumtrieb und auf die Eine wartete, die all seine Bedürfnisse stillen konnte. Bis auf ein paar Kaffee-Einladungen hatte sich aber in den letzten Monaten nichts ergeben. Sei es aus Zeitgründen oder weil das Gegenüber doch nicht dem entsprach, was es im Internet versprochen hatte.

Der Kiendl war ja eher ein biederer Typ. Nichts, was ihn jetzt so besonders machte. In den 40ern angekommen wird es auch nicht leichter, jemanden zu finden. Zu festgefahren in den Eigenheiten und wenn man dann auch noch Ansprüche hat, dann wird es schwierig. Natürlich machte ein leichter Glatzen- und Bauchansatz die Suche nicht leichter, denn auch die Damen haben in diesem Alter Ansprüche, die sie nicht hinunterschrauben möchten. Mit den Träumen von früher hat das, was dann folgt, falls es jemals zu einer beziehungsähnlichen Geschichte kommt, eher nichts zu tun.

Das Leben besteht aus Enttäuschungen, das heißt, man wird erst getäuscht und dann eben, wie das Wort schon sagt, enttäuscht. Dann sind die Socken am Boden oder der aufgeklappte Klodeckel der Anfang vom Ende. Alles was anfangs so als liebenswerte Kleinigkeit abgetan wird, ist dann plötzlich ein Auslöser für einen richtigen Streit.

Natürlich ist es auch schön, wenn man sich danach wieder versöhnt, aber es bleiben halt immer kleine Wunden, die Narben hinterlassen. Jedenfalls ist man in solchen Beziehungen dann wieder schnell in der Realität und der ganze Zauber ist Geschichte und man wünscht sich die Zeit dieses Zaubers zurück, oder wenn es blöd abläuft, wünscht man sich die Zeit des Alleinseins zurück. Die Zauberzeit kommt ja dann jedenfalls nicht mehr, auf die wartet man vergebens, also ist man doch lieber alleine und hofft und sucht und schaut, oder wie es Männer gerne machen, sie gaffen.

Um sich jetzt nicht zu einem Gaffer zu entwickeln, setzte sich Kiendl ganz schnell wieder aufrecht hin, denn er bemerkte, dass er mit der Fortdauer des Gespräches immer tiefer in den Gedanken und im Sessel versunken war und dabei die schöne Frau angaffte.

„Frau Lendner, gibt es irgendwelche Auffälligkeiten, irgendetwas, das sie beobachtet haben, und sei es nur noch so eine Kleinigkeit? Ich meine die Zeit, bevor das passiert ist und die Zeit danach, bis heute", fragte Kiendl in Richtung der Pöllibäurin. „Nein, glauben sie mir, ich habe hunderte Stunden damit verbracht, mir darüber Gedanken zu machen, warum das alles passiert ist und wie und wer, ich komme auf keine schlüssige Antwort, nicht einmal auf Ansätze, wie das passieren konnte", erwiderte sie und sah den Kiendl fast verzweifelt an.

Er bemerkte, dass sie es eilig hatte und erhob sich langsam aus dem Sessel, um die Befragung zu beenden. Als er aus dem Hof raus fuhr, hörte er schon, wie sie den Traktor startete und voller Eifer weiter zu arbeiten begann. Eine Mischung aus Mitleid und Verzweiflung überkam ihn. Die Ermittlungen waren genau dort angelangt, wo sie vor einem Jahr begonnen hatten. Die einzige Spur war bisher die, dass es Tierrechtler auf einem Video gab, aus denen etwas rauszubekommen, würde sehr schwierig werden. Deshalb fuhren Bischof und Kiendl gemeinsam nach Graz zu den Einvernahmen. Es sollte sanfter Druck aufgebaut werden auf die Szene - oder wie soll man sagen - auf die Leute. Denn heutzutage spricht man ja schon ab drei Leuten von einer Szene. Die Menschen lesen das und stellen sich hunderte, wenn nicht tausende involvierte Personen vor, die eine feste Gemeinschaft bilden. Das ist aber nicht so, gerade bei den Tierrechtlern kommt man recht schnell drauf, dass es sich eher um lose Verbindungen handelt. Sicher, wenn es auf Demos ging, dann waren sie alle da, um für eine gemeinsame Sache einzustehen, aber im Alltag gingen sie eher getrennte Wege.

    In den Medien bekommt das Wort Szene dann halt eine enorme Wichtigkeit, es stellt etwas Großes, etwas Geheimnisvolles dar, und wenn man näher hinschaut, dann ist alles nur halb so interessant wie es von der Ferne aussieht. Das wussten die beiden Beamten mittlerweile auch, und so konzentrierten sie sich auf die paar Leute, die sie bei der letzten Demo gesehen hatten und von denen sie die Personalien wussten. Im Grazer Büro angekommen, warteten die drei schon vor der Türe.

Kiendl bat den Ersten zu sich, und der Bischof nahm den Zweiten mit in einen Extraraum. Jeder hatte einen Schreiber bei sich, um alles zu protokollieren.

„Und, waren wir da dabei vor einem Jahr?", und er zeigte auf die Fotoausschnitte von Kroissbauers Video. Der angesprochene Tierschützer zuckte etwas zusammen und meinte danach trocken,

„Ich mache keine Aussage".

„Sie wissen schon, dass es hier um einen dreifachen Mord geht?", versuchte es Kiendl nochmals auf die sanfte Tour. „Und sie wissen auch, dass es strafbar ist, etwas zu verschweigen, wenn man etwas über ein derartiges Gewaltverbrechen weiß."

„Ich mache keine Aussage", erwiderte der Tierrechtler unbeeindruckt.

Nach fünf Minuten war die Befragung vorbei, und die zweite Person kam mit dem Bischof in Kiendls Vernehmungszimmer. Bischof hatte das gleiche Aussageprotokoll in den Händen wie der Kiendl. Keine Aussage, nichts. Die dritte Person war eine junge Frau, 25 Jahre alt, mit langen dunklen Haaren, eine äußerst hübsche Erscheinung. Die beiden Beamten versuchten nun, ihre Taktik zu ändern und boten ihr einen Kaffee an.

„Nein danke, ich trinke keinen Kaffee", erwiderte sie freundlich aber bestimmt.

„Zigarette?", fragte der Raucher Kiendl und zog sich einen bösen Blick vom Nichtraucher Bischof zu.

„Nein danke, die sind nicht vegan", kam ihre kurze Antwort zurück.

„Nicht vegan? Da ist Tier drinnen?", fragte der Kiendl erstaunt. - „Tierversuche", lautete die kurze Antwort.

Erstaunt legte Kiendl die Packung zur Seite und setzte seine Befragung fort: "Waren sie schon einmal in dem Stall, wo der Doppelmord passiert ist? Sie wissen, wovon ich rede. Wir haben Videomaterial", versuchte er es etwas schroffer.

Doch auch sie war eine harte Nuss, und die Beamten wussten, dass sich die Leute schon längst abgesprochen hatten, und selbst die, die damals wirklich im Stall vom Kroissbauern waren, wussten längst Bescheid. Man konnte nur hoffen, dass das schlechte Gewissen bei dem einen oder anderen schließlich dazu führen könnte, dass sich jemand von ihnen melden würde. Doch so viel Zeit hatten die beiden Beamten wieder nicht. Zu viel war geschehen in dem Jahr, da war die Erwartungshaltung der Öffentlichkeit riesig, und die Zeitungen überschlugen sich mit den Spekulationen. Da war die Rede von der Ostblock-Mafia, die einen Bauern exekutiert hatte, als dieser sie beim Einbruch erwischte oder von der Rache der Tierschützer an einem Tierausbeuter. Die Phantasie der Journalisten war grenzenlos. Bischof überlegte sogar, den einen oder anderen Journalisten zu einer Zeugenaussage zu laden, denn solches Insider-Wissen konnten eigentlich nur Leute haben, die beim Mord dabei gewesen waren. Natürlich war das nur im Halbspaß gemeint, denn die Mordkommission kannte sich ja aus mit der schreibenden Zunft und wusste auch mit ihr umzugehen.

Jedenfalls fuhren unsere beiden Beamten zurück aufs Land, um dort mit den Befragungen fortzufahren. Vielleicht gibt es ja einen schwarzen Fleck im Lebenslauf des Pöllibauern, einen solchen Lebenslauf ließ er sich auch von der Lendner geben. Alles war da drauf, wie ein Ausdruck für eine Firmenbewerbung. Penibel hatte sie alles aufgelistet von der Volksschule, Hauptschule, Landwirtschaftsschule und Bundesheer bis hin zu seinen Tätigkeiten bei den Vereinen und bei der Jägerschaft. Nichts Außergewöhnliches auf den ersten Blick und doch beschloss Bischof, jeden Schritt in Pöllibauers Leben zu durchleuchten. Vielleicht hatte er sich ja irgendwann einmal einen Feind gemacht, und dieser hatte mit viel Geduld auf seinen Tag gewartet.

Viele Fragen gingen durch den Kopf vom Bischof, die er laut aussprach, und der Kiendl hatte ähnliche Gedanken, und beim Entspannungsbier, so kurz vor der Schlafenszeit, sponnen sich die beiden auch aus und versuchten, ihre Gedankengänge jeweils dem anderen mitzuteilen. Jeder mit einem Schreibblock bewaffnet, und jede „Spinnerei" wurde mitgeschrieben, und schien sie noch so unwichtig. Vielleicht kennt das ja der eine oder andere von euch. Man sitzt gemütlich beim Bier mit dem besten Freund oder der Freundin in einer Kneipe, und die Gedanken und Ideen sprudeln aus einem heraus, und man denkt, man hat zumindest einen Nobelpreis für diese Einfälle verdient. Leider hat man selten etwas dabei zum Mitschreiben oder vielleicht ist es auch besser so, denn wahrscheinlich würde sich das ganze

Aufgeschriebene am nächsten Tag als Sprechdurchfall erweisen, und dann würde man sich für seine Geistesblitze genieren. Beim Bischof und beim Kiendl war das nicht so, die beiden waren so in ihrem Fall verwurzelt, da hatten sie schon längst aufgehört, sich für ihre Gedanken zu genieren, auch wenn diese noch so abwegig waren.

Es ist ja nicht erst ein Fall aufgeklärt worden, nur weil die Ermittler von der irrsinnigsten Möglichkeit ausgegangen sind oder der Zufall zu Hilfe geeilt ist. Der Bischof hatte ja als junger Beamter einmal das große Glück gehabt, einen Mordfall in Graz klären zu können, bei dem ein Bursche ertrunken in der Mur gefunden worden war. Erst die Obduktion hatte ergeben, dass er sowieso gestorben wäre, er hatte nämlich eine große Dosis an Heroin in seinem Verdauungstrakt. Geschluckt, in kleinen Kügelchen – aber blöderweise sind ein paar von den Kugeln aufgegangen, und der Arme wäre daran gestorben, wäre er nicht davor im Fluss gelandet. Es hat sich dann herausgestellt, dass er mit seinen Großeltern Drogen über die Grenze geschmuggelt hatte. Die Großeltern hatten ihn für tot gehalten, und sie waren mit ihm in die damaligen Murauen gefahren, hatten ihn mit Steinen beschwert und in den Fluss geworfen. Einen Tag später hat eine kräftige Strömung den jungen Burschen an die Oberfläche getrieben und Spaziergänger haben ihn dann gefunden, was das erste Pech der Großeltern war. Die beiden rüstigen Rentner wären nie unter Verdacht geraten, hätten sie damals nicht versucht, das restliche Gift über den Mühlgang zu entsorgen.

Selbst das hätte funktioniert, wäre dieser nicht gerade an jenen Tagen entleert worden. Das passiert von Zeit zu Zeit, der Mühlgang wird dann gereinigt. Tja, und blöderweise ist man da auf ein Sackerl voller Drogen gestoßen, und im Sackerl war wieder ein Sackerl, und auf diesem waren dann noch wunderbare Fingerabdrücke von dem Rentnerpaar zu finden. Der Bischof musste nur noch eins und eins zusammenzählen, und die Großeltern waren nach anfänglichem Leugnen danach auch geständig.

Man sieht, da passieren Dinge, die gibt es normalerweise nicht, aber das Leben hat halt immer so seine Überraschungen parat. Deshalb ist es für einen Kriminalisten immer sehr wichtig, vom Extremsten auszugehen und um sechs Ecken zu denken, denn Verbrecher halten sich nicht an die vorgegebenen Regeln oder Normen. Aber das macht es ja so spannend und gerade das interessiert die Leute, die dann die Zeitungen lesen oder in den Internet-Foren über diese Ereignisse diskutieren.

4

Das Telefon läutete, als Bischof gerade vom Zimmer im 1. Stock den Gang entlang und dann runter in den Gastraum ging. Es war die Prettenthaler und Bischof verstellte etwas seine Stimme, weil sie nicht bemerken sollte, dass er noch nicht im Tag angekommen war. Natürlich bemerkte sie es. „Oh, Entschuldigung, hab ich sie aufgeweckt?". Er fühlte sich ertappt, er, der immer im Dienst war, wurde von der Gerichtsmedizinerin aufgedeckt, weil er in der Früh immer so eine Stimme wie der Lee Marvin in dem einen Lied, wie hieß das jetzt schnell, ach ja, „I Was Born Under A Wandrin' Star" hatte. Das Lied kennt ihr bestimmt, das haben sie früher immer im Radio gespielt, nur der Lee Marvin konnte mit seiner versoffenen Stimme singen, der Bischof hatte nicht so ein musikalisches Talent.

„Nein, nein, ich bin schon eine Zeit lang unterwegs, da ist nichts mit Schlafen", wollte er morgendliche Geschäftigkeit vortäuschen, um in diesem Moment dem Kiendl über den Weg zu laufen, der ihm entgegen rief „Guten Morgen, schon gefrühstückt?"

Bischof bog 90 Grad Richtung Ausgang ab und ging ins Freie. „Und was haben sie herausgefunden?" fragte er die Prettenthaler.

„Naja, nach dem, was wir so gefunden haben, ist der gute Mann erschlagen worden. Das haben wir an den Schädelknochen rekonstruiert, weil das haben die Wildschweine unmöglich anstellen können."

Bischof: „Und wie lange ist der dort gelegen?".

Die Prettenthaler antwortete: „Man kann davon ausgehen, dass er seit zehn Monaten tot ist, ob er immer dort gelegen ist, das kann ich nicht beantworten, da müssten sie mit der Spurensicherung reden. Einige Teile fehlen ja vom Berger."

Bischof: „Okay, das würde dann mit dem Datum seines Verschwindens übereinstimmen."

Bischof bedankte sich für den Anruf und legte auf. Erschlagen, das ist wieder einmal eine Auskunft, mit der man so im Augenblick nichts anfangen konnte. Das ist ja dem Pokorny auch schon passiert, und der Pöllibauer war ja auch erschlagen worden, allerdings nicht nur von hinten, da hat der Täter keine Seite ausgelassen. Auch wenn die Schweine den Pöllibauern damals ziemlich hergerichtet haben, soweit konnte man das noch feststellen. So eine Gewalttat, mit so einem Kraftaufwand auszuführen, da wollte Bischof eine Täterin ausschließen. Mit solcher Ausdauer und Wucht, das konnte eigentlich nur ein starker Mann gewesen sein.

„Erschlagen, erschlagen, hmmm, alle drei erschlagen, erschlagen", wiederholte Bischof für sich, während er zurück ins Wirtshaus ging, wo Kiendl gerade sein Frühstück genoss und nebenbei die letzten Protokolle durchlas. Gar so überrascht war der Kiendl von den Neuigkeiten nicht, er nickte nur und las weiter in den Akten. Der Bischof war nicht einmal verwundert, dass der Berger nicht als vermisst gemeldet war. Der damalige Auftraggeber hatte ihn nach seinem Verschwinden einfach abgemeldet und bei seinen Angehörigen war er bekannt gewesen als einer, der schon einmal für Monate untergetaucht war. Immer wenn er Geld gehabt hatte, war er für einige Zeit lang einfach nach Asien verschwunden, ohne sich abzumelden. Dass er plötzlich weg gewesen war, hatte also niemand in seinem Umfeld großartig beunruhigt.

Der Luis brachte den beiden noch eine große Kanne Kaffee, erkundigte sich nach dem Befinden der beiden Herren und verschwand wieder in der Küche.

Seit der Scheidung ist der Luis ja alleine im Wirtshaus und bis auf eine Aushilfe und eine Haushälterin versuchte er, das riesige Wirtshaus alleine am Leben zu erhalten. Die Zeiten, in denen diese großen Landgasthäuser gut gelaufen sind, sind ja schon lange vorbei. Früher, in den 1960er und 1970er Jahren, da ging es noch, da blieben die Reisebusse stehen, die Leute aßen und tranken, und nach zwei Stunden war die Geschichte wieder vorbei. Die großen Hochzeiten, die großen Begräbnisse, Allerheiligen nach dem Friedhof, das waren die Einnahmequellen damals. Mit denen kann man heute nicht mehr überleben.

Heute muss der Wirt eine Erlebnisgastronomie betreiben oder so urig sein, dass es auch wieder gemocht wird, oder man stellt sich Spielautomaten rein, dort wo früher die Küche war, und man holt sich ein Wettbüro als Untermieter. Dann kann man noch überleben. Aber wenn man die Zeit übersehen hat, dann war das Wirtshaus in Kürze unter dem berühmten Hammer und wurde versteigert. Der Bischof hatte ja noch eine Großmutter gehabt mit so einem Landgasthaus. Das erste verbotene Cola, der unerreichbare Automat in der Herrentoilette, wo man mit einer Räuberleiter 10er einwarf, um dann einen Anhänger mit zwei Figuren rauszubekommen, die sich ineinander bewegten und einen Gummi den man danach einem parkenden Auto über den Auspuff zog, um zu warten, was passierte, wenn jemand mit diesem wegfuhr. Große Enttäuschung, nur den Schlüsselanhänger hängte man sich an die Hose, um ihn stolz herzuzeigen. Die Reaktionen der Erwachsenen waren etwas eigenartig, und dass einem dann auch noch der Schlüsselanhänger abgenommen wurde, kostete so manche Träne im jungen Leben. Aber das ist lange her. Der Luis hatte zwar auch so einen Automaten in der Herrentoilette, aber die lustigen Spielsachen darin beschränkten sich auf die Gummis für die Auspuffe der Autos. Die müssen halt auch sparen, würde sich der kleine Bub von damals vielleicht denken.

Aber zurück zum Luis. Ein gemütlicher „Lotter" sagen die Leute, einer, den nichts aus der Ruhe bringen kann. Im Winter die Kartenspieler, die bis Mitternacht sitzen und die Jungen, die im Nebenraum Dart spielen und vorglühen für die Disco danach, die sind ihm geblieben. Von den Essen kann ja ein Wirt von heute nicht mehr leben, die Leute müssen trinken, dann bleibt dem Wirt auch noch etwas in der Kassa. Unter der Woche kommen die Lehrer aus der Hauptschule und aus der Landesberufsschule. Aber die haben einen Sondertarif, weil die kommen ja jeden Tag, und trinken tun die meist ein Glas Leitungswasser, und wenn man Glück hat, nach dem Essen einen Kaffee. Von dem wird man auch nicht reich.

Nach der Scheidung hat der Luis nie mehr eine Frau kennengelernt, die interessant für ihn gewesen ist, nicht, dass er nicht wollte, aber finde einmal jemanden, der eine Arbeit heiraten möchte. Mit so einem Gasthaus gibt es keinen Tag in der Woche, wo nichts zu tun ist, und am Ruhetag heißt es einkaufen, putzen und die Buchhaltung machen. Der Vorteil von so einer Selbstständigkeit ist wieder die, dass man keinen Chef hat, der einem sagt, was zu tun ist. Aber die Kehrseite sind halt das Finanzamt, die Gebietskrankenkasse und andere Behörden, die dem Selbstständigen von heute das Leben nicht leichter machen. Deshalb hat der Luis ja schon überlegt, das mit dem Kochen ganz bleiben zu lassen und nur noch Getränke zu verkaufen, aber dann war es ihm doch zu gefährlich, dass er eventuell auch noch die letzten Gäste verlieren könnte. So hat er sich eben Tag für Tag durchs Jahr gekämpft und war für seine viele Arbeit eigentlich immer gut gelaunt. Eine Seele von einem Menschen. Außer, wenn ihm die Jungen Löcher in seine Vorhänge brannten, da konnte er schon ein bisschen grantig werden.

„Und? Was macht die Gerüchteküche?", fragte der Bischof den Luis, als der wieder aus der Küche zurückkam, um den beiden frische Semmeln nachzureichen.

„Ah, da gibt es viele", meinte der Luis drauf.

„Die würden uns alle interessieren, vielleicht ist ja etwas dabei, mit dem wir weiterkommen können", meinte Bischof etwas ungeduldig.

Luis: „Tja, zum Beispiel, dass die Pöllibäurin angeblich ein Gspusi haben soll."

Kiendl: „Mit wem? Die arbeitet ja nur die ganze Zeit."

Luis: „Für ein Gspusi braucht man ja auch nicht so viel Zeit, da reichen ein paar Stunden in der Nacht."

„Und wer soll der Glückliche sein?", fragte Kiendl neugierig nach.

„Das weiß ich nicht, das erzählen die Leute halt so, und die erzählen viel, wenn der Tag lang ist.", antwortete der Luis.

Bischof: „Wer könnte das Gerücht in die Welt gesetzt haben, und von wem haben sie das gehört?"

Luis: „Das sind so Sätze, die ich beim Bedienen mitgekriegt habe, wenn die Leute da bei mir sitzen, wer das jetzt genau war, kann ich wirklich nicht mehr sagen. Das geht ja so schnell, und dann reden alle so g'scheit daher, jeder weiß was und doch nichts."

Bischof: „Kennen sie die Pöllibäurin gut?"

Luis: „Ja, wie man sich halt so kennt am Land, da kennt ja jeder jeden, und alle sind sie irgendwie miteinander verwandt." meinte er laut lachend.

„Aber die Pöllibäurin ist halt eine hübsche

Erscheinung, und natürlich schaut man da eher zweimal als einmal hin, und die Leute interessieren sich für das, was sie so tut. Das ist der Nachteil, wenn man schön ist. Zwei bis drei Mal im Jahr sind sie halt bei mir hier essen gewesen. Geburtstag, Muttertag und so, die üblichen Sachen."

Bischof: „Und war das eine harmonische Familie, wenn die hier waren oder ist ihnen etwas aufgefallen?"

Luis: „Nein, da war nichts Auffälliges, nur dass sie das letzte Jahr, bevor das Ganze passiert ist, nie mehr gekommen sind. Da habe ich mir aber auch nichts weiter dabei gedacht. Da ist nichts Ungewöhnliches dabei heutzutage. Die Leute setzen sich ins Auto und fahren halt in die nächste Stadt und essen dort."

Bischof: „Wann haben sie die beiden das letzte Mal bewusst gesehen und beobachten können, und ist ihnen vielleicht da etwas aufgefallen?"

Luis: „Nein, selbst wenn es eine Krise gegeben hätte, von der ich jetzt nicht ausgehe, hätten sie sich niemals etwas anmerken lassen. Die hätten nie die Öffentlichkeit dran teilhaben lassen, so habe ich die beiden zumindest eingeschätzt."

Kiendl: „Wer könnte da mehr wissen?"

Luis: „Ich weiß nicht, die Nachbarn vielleicht, oder ihre Kinder."

Bischof: „Und was reden die Leute sonst noch so?"

Luis: „Ich lass es ihnen zukommen, sobald ich etwas aufschnappe."

Kiendl und Bischof setzten sich nach dem

Frühstück ins Auto und fuhren zum Kroissbauern raus, um mit ihm nochmals wegen dem Video zu sprechen. Vielleicht wussten der Kroissbauer oder seine Frau etwas Näheres über den angeblichen Liebhaber der Pöllibäurin. Als die beiden aus dem Auto ausstiegen, lief die Kroissbäurin gerade bei der Eingangstüre heraus, mit einem kurzen Gruß an ihnen vorbei und verschwand im Stall.

„Ui, dicke Luft", meinte der Kiendl und ging mit Bischof zum Eingang, und da die Türe offen war, wie das halt am Land so üblich ist, gingen die beiden ins Haus. Der Kroissbauer hatte sie natürlich schon in den Hof fahren gehört und die beiden freundlich empfangen.

„Kaffee, die Herren?", fragte der Kroissbauer.

„Nein, danke", antworteten Bischof und Kiendl gleichzeitig.

„Wir haben ihr Video angeschaut und da sind ja einige Gestalten drauf zu sehen, haben sie davon nichts bemerkt?", fragte der Bischof. -

„Was? Nein, davon habe ich nichts mitgekriegt, wann soll das gewesen sein?"

Bischof: „In der Nacht, als ihr Nachbar umgebracht wurde und der Pokorny."

Der Kroissbauer war sehr überrascht: „Ich habe nichts bemerkt, aber dass das genau in der Nacht war, ist schon ein bisschen eigenartig."

Der Kroissbauer hatte ganz vergessen, den beiden etwas anderes als Kaffee anzubieten. Bischof wollte diesen Überraschungseffekt nutzen und fuhr fort, während der Kroissbauer seit gut zwei Minuten seinen Kaffee umrührte.

Im Hintergrund lief das Radio ganz leise, es muss „Radio Steiermark" gewesen sein, denn Hansi Hinterseer trällerte aus dem alten Gerät: „Heut ist ein Tag zum Glücklichsein, denn duuuuu bist beiiiiii mir".

Bischof setzte nach: „Wir haben ein Gerücht gehört, dass die Pöllibäurin einen Freund haben soll, von Besuchen und so war die Rede, haben sie da etwas mitbekommen?"

Kroissbauer schien zum zweiten Mal total überrascht: „Die Pöllibäurin? Nie und nimmer, die ist doch verheiratet im doppelten Sinn. Einmal war sie das mit ihrem Mann und dann mit ihrer Arbeit am Hof, also das glaube ich nicht, und wir hätten da ja auch etwas mitbekommen müssen, hier herüben. Wir sind ja nur ein paar hundert Meter weg von denen."

„Du scheinst mir wie ein Sonnenstrahl ins Herz hineeeeiiiiiin", säuselte der Hansi Hinterseer im Hintergrund unbeirrt weiter.

„Weiß ihre Frau vielleicht etwas? Oder hat sie etwas mitbekommen, dass sie mit ihnen dann besprochen hat?", fuhr der Kiendl fort.

„Also, über so ein Thema haben wir nie gesprochen, aber am besten fragen sie sie doch selber, sie ist ja eh hier", meinte der Kroissbauer etwas verwirrt.

Ein Streit mit der Frau und dann zwei solche Neuigkeiten, das bringt den stärksten Mann kurz aus der Fassung. Die beiden Beamten haben das natürlich sofort bemerkt, nur war ihnen nicht ganz klar, was ihm jetzt wirklich zusetzte.

Kling, kling, kling tönte es aus der Kaffeeschale des Kroissbauern. Er rührte unermüdlich mit dem Löffel um, obwohl er zwischendurch schon getrunken hatte.

„Es tut mir leid, ich muss weg. Ich habe bei der Genossenschaft ein paar Teile für unseren Balkenmäher bestellt und die sollten heute gekommen sein. Hätten sie noch etwas gebraucht von mir?", meinte der Kroissbauer.

Bischof: „Nein danke, wir melden uns dann wieder bei ihnen, wir möchten nur noch kurz mit ihrer Frau reden."

Kroissbauer: „Ja, die ist sicher drüben im Stall bei den Viechern, ich gehe mit ihnen rüber, ich ziehe mir nur schnell die Schuhe an."

„Grüß sie Gott, Frau Kroissbauer", begrüßte Bischof die Frau, die gerade dabei war, die vollautomatischen Apparaturen zu reinigen. Das war so etwas wie die Schaltzentrale für diese riesige Tierfabrik.

Kiendl war froh, nicht in den Stall gehen zu müssen. Der strenge Geruch verfolgte ihn schon so überall hin auf diesem Hof, und dass es täglich hieß, das komplette Gewand zu wechseln und zu waschen, damit hatte nicht nur die enorme Hitze zu tun. Es war noch Vormittag, aber die Hitze war schon gnadenlos. 34 Grad, dem Bischof graute es schon vor dem Nachmittag und ganz kurz dachte er an die Tiere auf der anderen Seite dieser Wand, und er wunderte sich, wie die das aushalten konnten.

„Frau Kroissbauer, wir haben gerade mit ihrem Mann gesprochen, vielleicht können sie uns ein bisschen weiterhelfen. Da gibt es so Gerüchte im Dorf, denen wir nachgehen müssen, hätten sie kurz Zeit für uns?", fragte der Bischof die noch immer beschäftigte Dame, und der Kroissbauer verabschiedete sich, um zwei Minuten später vom Hof zu fahren.

„Was hätten sie gerne gewusst von mir? Wir können uns ja dort drüben hinsetzen. Möchten sie etwas trinken?", fragte sie leicht gestresst aber trotzdem freundlich.

„Ja bitte, ein Glas Wasser", erwiderte der Kiendl, und Bischof nickte zustimmend.

Die Kroissbäurin verschwand, um ein paar Minuten später mit einem großen Wasserkrug und drei Gläsern zu erscheinen. Es war so drückend heiß, dass Bischof nicht wusste, ob er am Sessel klebte oder ob der Stoff seiner Baumwollhose schon mit ihm verschmolzen war. Er griff in seine Hemdtasche, um ein Stofftaschentuch hervorzuziehen, mit dem er sich den Schweiß aus dem Gesicht wischte.

„Frau Kroissbauer, ihr Mann hat uns ja ein Überwachungsvideo gegeben, und da sind Menschen darauf zu sehen, wahrscheinlich Tierrechtler, die bei ihnen Filmmaterial gesammelt haben, und das in der Mordnacht, als ihr Nachbar getötet worden ist. Haben sie damals irgendetwas mitbekommen? Oder vielleicht danach, dass da Schlösser manipuliert worden sind, und sie haben sich vielleicht nichts weiter dabei gedacht oder so? Oder fehlt überhaupt etwas vom Hof, das sie vielleicht nicht bei der Polizei angezeigt haben?" Die Kroissbäurin sah ihn aufmerksam an, um dann kurz und eindeutig zu verneinen.

Der Kiendl rutschte auf seinem Sessel hin und her und versuchte irgendwie, der Hitze zu entgehen. Er fragte sich, ob die Bäuerin absichtlich mit ihnen in die brütende Hitze gegangen war. Ein paar Meter weiter wäre eine Gartenlaube gewesen. Bischof konnte auf seinem Block kaum noch schreiben, der Schweiß rann von seinen Fingern direkt auf das Papier und hinderte dort den Kugelschreiber am Schreiben.

„Nein, wir haben so viel zu tun, da können wir uns auch noch unmöglich um die anderen Leute kümmern.", meinte sie noch.

„Können wir uns dort rüber in den Schatten setzen?", sagte Bischof endlich und wartete erst gar nicht die Antwort ab. Er stand auf und die beiden anderen taten es ihm gleich.

„Sodala, da kann man sich besser konzentrieren", meinte Bischof erleichtert und fuhr gleich mit der nächsten Frage fort: „Hatten die Pöllibauers eine glückliche Ehe oder hat es bei denen gekriselt, ist ihnen da vielleicht irgendetwas aufgefallen?"

Kroissbäurin: „Nein, wieso? Aber selbst wenn das so gewesen wäre, wir hätten das kaum bemerkt."

Bischof: „Es wird ja im Dorf von einem Liebhaber gesprochen, haben sie davon schon etwas gehört?"

Kroissbäurin: „Also, das würde mich überraschen - einerseits. Andererseits weiß sie natürlich, dass sie bei Männern gut ankommt. Aber ich glaube nicht, dass an dem Gerücht etwas Wahres dran ist. Die Leute reden so viel Blödsinn."

„Ist ihnen vielleicht einmal ein Auto aufgefallen in den letzten Monaten, das nicht zum Hof der Pöllibauern gehört hat und dort öfter hingefahren ist, ich meine, sie sehen ja direkt rüber auf den Hof der Nachbarn?"

Kroissbäurin: „Nein, nichts. Jetzt muss ich aber wirklich weitermachen. Haben sie sonst noch Fragen? Ich bin spät dran und mein Mann sollte gleich mit den Teilen zurückkommen. Wir haben heute noch einiges vor."

Bischof im Aufstehen: „Nein, das war es vorerst, aber wir werden beizeiten wieder vorbeikommen. Auch wir haben noch viel Arbeit vor uns, und wir müssen jeder Spur nachgehen, das können sie doch verstehen, oder?"

Kroissbäurin: „Ich verstehe ja, dass sie einem großen Erwartungsdruck ausgesetzt sind, und ich helfe ihnen natürlich gerne weiter, wenn sie etwas brauchen. Sie wissen, wo sie uns finden."

„Ehestreit oder Krise?", fragte der Kiendl, als die beiden im Auto saßen, worauf Bischof meinte: „Keine Ahnung, aber ich habe das Gefühl, wir sind auf der richtigen Spur. So heilig, wie die da alle tun, sind sie nicht, und jetzt lass uns nochmals zur Pöllibäurin rausfahren."

Der Bischof stieg aufs Gas, um in nicht einmal zwei Minuten beim Nachbarhof anzukommen.

Der Kiendl und der Bischof, die beiden waren sich ja fast immer einig, aber beim Autofahren war das so eine Geschichte. Beide waren sie sehr schlechte Beifahrer, was sich jeder Mann zuzugeben traut. Aber welcher Mann traut sich zuzugeben, ein schlechter Autofahrer zu sein? Da wird man lange suchen müssen, um so jemanden zu finden. Irgendwann, im Laufe der Jahre haben sie sich dann geeinigt, dass einen Tag der Bischof fährt und am nächsten Tag der Kiendl. Egal, was am Programm stand. Auch wenn das Auto stehen bleiben sollte, dann hat halt jeweils Betroffene Pech gehabt. So sollte sich das über das Jahr hin ausgleichen und jeder von den beiden sollte annähernd die gleiche Kilometeranzahl abspulen dürfen. Der Bischof hatte als Chef natürlich den Vorteil, dass er das Programm quasi vorgab, und er konnte dabei ein bisschen seine Macht spielen lassen und die Tagesabläufe dementsprechend gestalten, aber der Kiendl vertraute ihm. Wenn sie getrennt unterwegs waren, dann hatten sowieso beide ihr Dienstauto, aber mit zwei Autos bei Befragungen aufzutauchen, das würde dann wohl etwas dekadent wirken auf die Leute.

Jedenfalls waren sie nun bei der Pöllibäurin angekommen, der Sohn war auch gerade zu Hause und half ihr bei Arbeiten am Nebengebäude.
„Frau Lendner, guten Tag! Dürften wir sie noch einmal stören? Es dauert auch nicht lange. Vielleicht können wir uns kurz alleine unterhalten.", meinte der Bischof bestimmt.

Grußlos arbeitete der Sohn weiter, und die Lendner kam schweigend zu den beiden herüber.
„Was gibt es schon wieder? Ich glaube, ich habe ihnen alles schon zu Protokoll gegeben was ich weiß.

Schon vor einem Jahr und heuer noch einmal. Gibt es etwas Neues?", fragte sie leicht gereizt.

„Wir hätten da noch eine Frage an sie, würden aber gerne alleine mit ihnen sprechen. Lassen sie uns ein paar Meter gehen", meinte der Bischof bestimmt.

Sie marschierten zu dritt los in Richtung Schweinestall, dorthin, wo vor fast genau einem Jahr das Drama passiert war, und heute erinnerte nichts mehr daran.

„Es geht im Dorf das Gerücht um, dass sie einen Liebhaber haben sollen. Das ist uns im Prinzip natürlich egal, aber es würde uns trotzdem interessieren, wer derjenige sein soll, und wie lange sie schon eine Liebesbeziehung mit ihm führen, falls das Gerücht stimmt.", meinte der Kiendl zur kaum überraschten Frau.

„Ich lass die Leute reden, ich weiß, dass ich keinen Mann in meinem Leben habe, ist das Antwort genug?", meinte sie zum Bischof, obwohl der Kiendl die Frage gestellt hatte, was diesen schon etwas irritierte. Am liebsten hätte er die Frage noch einmal gestellt, rein um zu sehen, ob es ein Zufall war, dass sie ihn ignoriert hatte. Oder wollte sie mit ihm einfach nicht reden, weil man eben dem Bischof auf Grund seines Alters den Chef ansah?

„Also kein Liebhaber, Frau Lendner?", setzte er deshalb nach.

„Nein, das habe ich doch soeben gesagt.", betonte die Pöllibäurin, wieder in Richtung Bischof. Fast tat sie so, als ob der Kiendl überhaupt gar nicht anwesend wäre. Der war jetzt ein bisschen beleidigt und revanchierte sich damit, dass er diesmal grußlos den Hof verließ, als er mit Bischof Richtung Auto marschierte. Der Bischof bemerkte natürlich sofort, dass der Kiendl sich sehr ärgerte und musste leise vor sich hin lachen, was wiederum der Kiendl bemerkte, der nur „sehr lustig" dazu sagte.

Endlich war es Abend und die beiden beschlossen, die Papier- und Computerarbeit im Gastraum beim Luis zu erledigen. Es war nicht viel los, nur der Toni saß an der Theke.

„Herr Inspektor, ich habe etwas gesehen, ich habe etwas gesehen, aber das müssen sie für sich behalten, Herr Inspektor", keuchte der Toni völlig aufgeregt.

„Was ist denn Toni, ganz ruhig bleiben, was hast denn gesehen? Sind dir die weißen Mäuse erschienen?", spöttelte der Kiendl, denn der Toni war jetzt nicht unbedingt der vertrauenswürdigste Zeuge, auf dessen Aussagen sich die Staatsanwaltschaft später im Prozess stützen würde. Der Toni wiederholte sich gerne, und das nicht nur einmal. Für das war er bekannt und in den Wirtshäusern gefürchtet. Er war einer, der die Leute ständig mit denselben Geschichten quälte, obwohl niemand wusste, ob auch nur ein Wort an diesen wahr war. Deshalb versuchte man ihm auch, soweit es ging, auszuweichen oder ihn „anzubringen", das heißt, man täuschte vor, auf die Toilette zu müssen und band vorher einen Besucher, der sich zufällig in der Nähe fand, ins Gespräch ein. Noch ehe man Richtung Toilette unterwegs war, hatte der Toni normalerweise diesen schon mit einem Redeschwall überfallen, und bei seiner Rückkehr stellte man dann zufrieden fest, dass der Toni einen neuen Freund gefunden hatte. Dieser neue Freund warf einem dann zwar einen giftigen Blick zu, aber anders hätte man dem gesprächigen kleinen Mann nicht entkommen können.

Heute war der Toni leider nicht „anzubringen", weil es waren sonst keine Gäste beim Kirchenwirt. Der Bischof und der Kiendl mussten ihm also wohl oder übel zuhören.

„Ich will eine Aussage machen, haben sie etwas zum Schreiben dabei?", fuhr der Toni aufgeregt fort.

Kiendl: „Erzähle uns einmal in aller Ruhe, was du gesehen hast. Dann setzen wir uns gemeinsam hin und machen eine Niederschrift, okay?"

Toni: „Ja gut, also es war so, ich habe damals im Heustadl geschlafen, sie wissen eh, in dem bei den Pöllibauern. Ich hatte einen leichten Schwips, aber nicht schlimm, sie müssen wissen, ich habe einen sehr leichten Schlaf, auch wenn ich etwas getrunken habe. Aber ich habe wirklich nicht viel getrunken gehabt, Herr Inspektor, sie wissen eh, wie das ist, und nach Hause wollte ich auch nicht, weil ich schon zu müde war, und dann bin ich, wie auch immer, in dem Stadl dort gelandet..."

„Ähm, Toni, kannst du dann einmal auf den Punkt kommen?", räusperte sich der Kiendl, und der Toni entschuldigte sich für seine Ausschweifungen und dass er so nervös war, weil er war ja der, der jetzt schließlich dazu beitrug, einige Verbrechen aufzuklären und wenn einer was gesehen hatte, dann war es er, der Toni.

Der Toni redete weiter wie ein schlechter Geschichtenerzähler: „Also, sie müssen wissen, ich habe im Heustadl nebenan geschlafen, und obwohl die eh so leise waren, habe ich einen von ihnen gesehen, und ich weiß, sie lachen mich jetzt sicher aus, aber ich weiß, wer das war, so wahr ich hier sitze."

Kiendl: „ Und? Wer?", fuhr es aus ihm etwas ungeduldig heraus.

Der Toni setzte wieder zu einer bedeutungsvollen Rede an, doch der Kiendl blockte ihn gekonnt ab, indem er den Luis rief und einen Kaffee bestellte. So konnte der Kiendl Zeit gewinnen und den Toni etwas bremsen. „Entschuldige die Unterbrechung Toni, also wer war da jetzt zu sehen damals?"

Toni: „Ich weiß ja nicht, wie er heißt, ich weiß nur, wie er aussieht, der ist ja eine lange Zeit bei der Stalltüre dort gestanden, und als ich wieder munter wurde, war er weg."

Kiendl: „Das heißt, du bist bei deinen Beobachtungen vor lauter Alkohol eingeschlafen?"

Der Toni etwas verschämt: „Nein, ich war nicht so betrunken, das habe ich doch gesagt Inspektor, aber so wichtig war mir die Beobachtung auch wieder nicht, ich habe ja nicht gewusst, dass da etwas passiert ist."

Kiendl: „Nach einem Jahr kommst du drauf, dass du etwas gesehen haben willst und erzählst mir dann, dass du eingeschlafen bist, ähm Toni, bei allem Respekt, aber ich weiß nicht, was ich von deiner

Aussage halten soll. Und warum hast du das nicht alles schon vor einem Jahr erzählt?"

Toni: „Ich hatte damals eine schwierige Phase, meine Frau ist gestorben, und ich habe wohl jeden Tag etwas zu viel getrunken zu der Zeit, und wie ich endlich den Mut hatte, zu euch zu kommen, seid ihr weg gewesen."

Kiendl: „Entschuldige Toni, aber deine Frau ist seit zehn Jahren tot, das kann man jetzt nicht unbedingt als Entschuldigung gelten lassen. Ich glaube eher, dass du wieder einmal eine schwere Trink-Phase hattest damals. Kann das sein?"

Der Toni versank im Stuhl, auf dem er saß, und blickte verschämt in den Raum: „Hast eh recht Inspektor, ich komme von dem Zeug nicht los. Aber ich bin noch soweit klar, dass ich weiß, was ich sehe, und ich habe damals diesen Menschen beobachtet, der bei der Stalltüre gestanden ist."

„Und wie soll der ausgesehen haben?", fragte der Kiendl.

Toni: „Ein großer, kräftiger Mann war es, das konnte ich sehen, und ich weiß auch, wo er gestanden ist. Beim hinteren Eingang."

Der Kiendl holte sein Notebook auf den Tisch und gab bei der Google-Suchmaschine den Namen Zittel ein und zeigte ein Bild vom Zittel dem Toni: „Das war der Mann, den du gesehen hast, oder?"

Toni: „Nein, der ist jünger, der, den ich gesehen habe, war älter."

Kiendl: „Wie hast du das in der Nacht sehen können – und nüchtern bist auch nicht gewesen?"

Toni: „Ich bin kein Idiot, ich weiß, was ich gesehen habe, das war nicht der Mann."

Der Kiendl holte jetzt ein Satellitenbild vom Anwesen der Pöllibauern auf den Bildschirm und zeigte es dem Toni: „Schau, jetzt zeig mir einmal, wo du geschlafen hast und dann zeigst du mir, wo du den Mann gesehen haben willst."

Toni: „Da ist die Scheune, da zirka die Dachluke, aus der ich geschaut habe und da ist er gestanden."

„Bist du sicher, dass er nicht hier gestanden ist?", fragte Kiendl den Toni und zeigte auf die andere Seite des Stalls.

Toni: „Nein, wie hätte ich ihn denn von hier aus sehen sollen? Um die Ecke kann ich noch nicht schauen."

Was konnte man dem Toni glauben und was nicht? Die Personenbeschreibung schien bis auf das Alter auf Zittel zuzutreffen, aber wie der Toni eine Altersbestimmung in der Nacht machen konnte, war dem Kiendl auch wieder ein Rätsel. Der Toni jedenfalls blieb bei seiner Aussage. Wohl oder übel musste Kiendl ein Protokoll niederschreiben, aber viel hielt er von Tonis Aussagen nicht.

5

Strömender Regen begrüßte Kiendl und Bischof am nächsten Morgen, und als sie endlich zum Auto kamen, durch und durch nass, erwartete die beiden schon die nächste unangenehme Überraschung. Alle vier Reifen waren aufgestochen. Da hatte sich doch glatt jemand in der Nacht ans Auto ran gemacht, und nicht nur die Reifen waren kaputt, auch ein Spiegel war demoliert und alle vier Seiten mit einem spitzen Gegenstand zerkratzt worden.

„Na, da haben wir uns gestern anscheinend keine Freunde gemacht mit unseren Befragungen", meinte der Bischof, während Kiendl fluchte und den ÖAMTC-Pannendienst anrief. „Na super, in zwei Stunden sind sie da", sagte er trocken.

Der Tag hatte noch nicht richtig begonnen, aber die beiden durften sich schon wieder umziehen. Der Regen kam nicht nur von oben, hinten, vorne, links und rechts, nein der kam auch von unten. Ein richtiges Unwetter. Und wenn ihr schon einmal so ein richtiges Unwetter erlebt habt, wo dann der Regen bei den Schuhen wieder rausrinnt, dann wisst ihr, was ich meine.

Während die beiden sich umzogen, läutete das Telefon vom Bischof, und die örtliche Polizei teilte mit, die Kroissbäurin hätte sich erhängt. Eine Todesnachricht am Morgen ist im Polizeidienst nichts ungewöhnliches, aber es kommt doch selten vor, dass

man am Vortag noch mit dem betroffenen Menschen gesprochen hat. Es ist halt immer etwas leichter, wenn man so eine Nachricht über eine total fremde Person bekommt, da fehlt einem jeglicher Bezug - aber bei der Kroissbäurin war das nicht so, und da ist man selbst als abgebrühter Kriminalist betroffen. Der Bischof war jedenfalls ziemlich schockiert, und auch der Kiendl konnte es kaum fassen. Gestern war da doch dieser Streit zwischen dem Ehepaar, das war nicht zu übersehen gewesen, und nun war sie tot.
Der Luis fuhr die beiden gleich auf den Hof raus, weil auch Kiendls Auto nicht da war. Genau gestern war es von den Kollegen der Instandhaltung zur jährlichen Pickerl-Überprüfung und zum Service abgeholt worden.
Die Polizei und ein Arzt waren dort. Wegen den Gewaltverbrechen davor wollte die hiesige Polizei keinen Fehler machen und hatte alles so gelassen, wie es vom Kroissbauer vorgefunden worden war. Einen Strick und einen Sessel, die Scheune und die arme Frau. Eine verzweifelte Frau, wenn sie zu so einer Tat fähig war. Der Kroissbauer saß draußen, das Gesicht in die Hände gestützt und weinte bitterlich. Der Arzt kümmerte sich um ihn und hatte ihm anscheinend schon etwas zur Beruhigung gegeben.

Der Bischof forderte gleich die Spurensicherung aus Graz an - vorsichtshalber. Ein Gewaltverbrechen sollte mit Gewissheit ausgeschlossen werden können.

Als die Arbeiten abgeschlossen waren, war es Abend und der Kroissbauer dürfte einiges an Beruhigungsmitteln bekommen haben, denn er schlief schon, als Bischof und Kiendl sich bereit machten, um zum Kirchenwirt zu fahren. Wahrscheinlich war es auch besser so, dass er nicht gesehen hatte, wie die Frau aus dem Strick gehoben und in den Metallsarg gelegt worden war, um sie dann Richtung Gerichtsmedizin abzutransportieren. Der Luis hatte den ÖAMTC-Mann mit einem Essen bestochen, deshalb brachte der den beiden das Auto direkt zum Hof raus, nachdem die Reifen gewechselt worden waren. Ein bisschen komisch war es dann doch, als der ÖAMTC-Techniker zum Bischof sagte, dass er ohne Seitenspiegel nicht fahren dürfte, aber das musste der wohl loswerden, das hätte er zu jedem sagen müssen, um auf die Gefahren hinzuweisen, wahrscheinlich auch eine rechtliche Sache oder so. Aber der Kiendl und der Bischof waren schon froh, dass sie ihr Auto wieder hatten, da war ihnen der Spiegel ziemlich egal, das sollten die anderen dann in Graz richten. Der Regen prasselte unerbittlich auf das Auto nieder, man hatte fast den Eindruck, dass es bald Herbst werden würde, dabei war es noch nicht einmal Mitte August.

„Irgendwer hat da eine Leiche im Keller, irgendetwas stinkt hier gewaltig", sagte der Bischof mehr zu sich selber als zum Kiendl, der mit dem Kopf schon fast an der Windschutzscheibe klebte, weil die Sicht bei dem Unwetter gleich Null war. Er hatte alle Hände voll zu tun, um mit dem Auto auf der Straße zu bleiben.

Bischof: „Als nächstes rufen wir unsere Kollegen in Graz an, die sollen sich mit der Landwirtschaftskammer in Verbindung setzen, dass die alle Schweinebauern in der Steiermark anschreiben und diejenigen ansprechen soll, die eine Video-Überwachung in ihren Betrieben haben. Vielleicht haben wir Glück und da ist was für uns dabei."

Nach dem kurzen Anruf hieß es, das gesammelte Material erst einmal zusammenzufassen und zu ordnen. Keine einfache Aufgabe. Es passierte so viel, es war befragt und beobachtet worden, dazu kamen noch die Verdachtsmomente, denen auch nachgegangen werden musste. Gab es eine Chance, den Täter zu fassen? Bischof war bisher sehr skeptisch, doch seit dem „Attentat" auf das Auto wusste er, dass sie am richtigen Weg waren. Sie mussten also nur so weitermachen. Beharrlichkeit war nun angesagt, auch wenn es für die betroffenen Leute sehr lästig sein würde.

Dem Bischof fiel jetzt erst auf, dass es keinen Abschiedsbrief von der Kroissbäurin gab. Was hatte sie zu dieser Verzweiflungstat getrieben, falls es überhaupt Suizid war? Die Prettenthaler würde da hoffentlich bald Klarheit in die Sache bringen. Aber auch bei Selbstmord war es nicht unüblich, dass sich die Suizidenten ohne Abschiedsbrief ins Jenseits beförderten. Da gibt es ja für alles Studien und in Österreich sagt so eine Studie, dass nur 15 bis 25 Prozent der Selbstmörder einen solchen Brief hinterlassen, und dass 35% Prozent der Frauen das Erhängen dem Vergiften vorziehen steht auch in dieser Studie. Also, wenn es jetzt nach der Studie ginge, dann wäre die Kroissbäurin in allen Belangen Trendsetter. Es könnte natürlich sein, dass sie etwas so sehr bedrückt hatte, ihr Brief aber gleichzeitig jemanden belastet hätte, und sie deshalb keinen geschrieben hat.

„Was war da gestern los auf dem Hof, als wir angekommen sind, und die Frau aus dem Haus gerannt ist?", dachte Bischof. Ein normaler Ehestreit wie er in den besten Familien vorkommt? Oder gab es da noch ein anderes Problem? Jedenfalls war der Bischof heute nach einem gefühlten fünfzehn Stunden Tag schon langsam zu müde, um darüber nachzudenken, obwohl Müdigkeit ja oft einen rauschähnlichen Zustand auslöst und einem dabei die besten Gedanken einfallen. Aber das war heute beim Bischof nicht mehr der Fall, es war schon eher totale Erschöpfung, und der Kiendl versuchte sich sowieso schon den ganzen Tag irgendwie munter zu halten.

Es war keine einfache Arbeit, schon gar nicht, weil es mittlerweile schon vier Tote zu beklagen gab, und durch den heutigen Selbstmord waren auch schon wieder Journalisten angereist. Die wollten natürlich auch alle aus erster Hand erfahren, was passiert war und wie es weitergehen sollte, und in so einem kleinen Dorf lässt die Polizei nicht extra einen Pressesprecher anreisen, das erledigten die beiden nebenbei. Ein Jahr und zwei Tage nach dem ersten Mord hatte sich die Nachbarin, die Kroissbäurin, erhängt, und nach elf Monaten und 22 Tagen war der „Student" gefunden worden, der zu diesem Zeitpunkt wiederum seit zirka zehn Monaten tot war. Ich habe es euch ja schon erzählt, dass der Luis damals ziemlich böse war auf den „Studenten" wegen der Zeche, aber ich glaube, dass er ihm

Unrecht getan hatte, denn wie es ausschaut, ist er ja nicht freiwillig verschwunden, das muss man hier einmal klarstellen. Der Berger ist also höchstwahrscheinlich kein Zechpreller gewesen.

Am nächsten Morgen waren die Zeitungen voll mit der Selbstmord-Geschichte der Kroissbäurin, und dass die Polizei im Dunkeln tappte stand natürlich auch darin.

„Wahnsinn! Vier Tote in einem Jahr!", titelte die Klatsch-Presse, und eine Zeitung forderte überhaupt eine Sonderkommission, die anstatt dem Bischof und dem Kiendl eingesetzt werden sollte. Den Bischof ließ das kalt. Er kannte das schon von andern Fällen, und er wusste, dass die Schreiberlinge auch dann nichts Gutes über sie schreiben würden, wenn sie den Täter schon gefunden hätten. Das ist so in dem Geschäft des Kriminalisten. Freunde darf man sich in diesem Job keine erwarten. Freundlichkeiten gab es nur dann, wenn jemand Neuigkeiten erfahren wollte, und das waren meistens die Journalisten.

Der Bischof hatte ja tatsächlich Verstärkung angefordert, aber die Kollegen von der Mordkommission waren enorm beschäftigt. Denn es ist ja nicht so, dass in der Steiermark jeden Tag ein Mord geschieht, das sind meistens so zwei oder drei Fälle übers Jahr verteilt, und die meisten davon werden innerhalb von ein paar Tagen oder gar Stunden geklärt. Deshalb gibt es nicht so viel Personal in diesem Ressort. Aber genau zu dieser Zeit, wo der Bischof einmal Hilfe benötigt hätte, da ging es in der Steiermark zu wie im Chicago der 30er Jahre. Da gab es nämlich noch einen Doppelmord in

der Obersteiermark an einem jungen Pärchen, das im Wald im eigenen Auto ermordet worden war. Wahrscheinlich beim Liebesspiel überrascht. Auf jeden Fall waren die beiden erschossen worden. Von einem Jäger, wie sich später herausgestellt hat
 Jedenfalls hatten die Kriminalisten alle Hände voll zu tun, und Verstärkung aus anderen Bundesländern, naja, das wollte man sich auch wieder nicht antun. Da hat man auch noch seinen steirischen Stolz. Wo käme man denn da hin, wenn plötzlich ein paar „Mundls" aus Wien anreisen würden, um in der Steiermark auf wichtig zu machen. Nein, die würden sich schon bei den Befragungen schwer tun. Schon nach einem Satz würden sie als Wiener entlarvt werden, und wenn ein Steirer einen Wiener Dialekt hört, na dann ist es schon vorbei mit jeglicher Vertrautheit. Die Steirer sind ja normalerweise nicht so, die kommen mit allen gut aus, nur die Wiener, die mögen sie nicht. Warum das so ist, das weiß wohl niemand mehr so genau. Da gibt es ja so einen blöden, billigen Witz, der in ganz Österreich erzählt wird, „Wie beginnt das schönste Kennzeichen von ganz Österreich? - Mit M". Normalerweise würde jetzt der Österreicher sagen, dass es kein M-Kennzeichen gibt, und der Witze-Erzähler würde erwidern, „Ein Wiener-Auto liegt am Dach". Ja, so ist das bei uns in der Steiermark und nicht nur da. Jedenfalls kam keine Verstärkung, nur die örtliche Polizeistation sollte bei Bedarf aushelfen. Die Beamten dort waren natürlich auch mit ihrer täglichen Arbeit beschäftigt und nachdem das Innenministerium einen Polizeiposten nach dem

anderen zugesperrt hatte, mussten die verbliebenen immer weitere Gebiete mitüberwachen. Was natürlich stressig war. Da blieb für Sonderaufgaben wenig Zeit. Aber Kiendl und Bischof wollten sowieso nicht auf fremde Hilfe angewiesen sein. Das hätte nur Unruhe in die Sache gebracht und Eifersucht und wer weiß, was sonst noch. Die beiden gingen an die Fälle heran, mit einer Ruhe, sag ich euch, da ist ein Schachspieler das reinste Nerverl dagegen.

„Unser demoliertes Auto", ging es jetzt dem Bischof durch den Kopf „- ein jugendlicher Vandalenakt oder ein gezielter Anschlag auf unsere Arbeit?" Jedenfalls wollte er morgen mit den Kollegen aus dem Ort der Sache genauer nachgehen. Das war nach der Dusche im Bett, als er diese Gedanken hatte, und schon so drei Minuten später war er im Reich der Träume.

Bischof ließ den Kiendl am nächsten Tag für ein paar Stunden alleine beim Kirchenwirt, einer musste ja die Journalisten weiter bedienen, den Schreibkram abschließen und die Berichte nach Graz übermitteln. Der Bischof fuhr direkt zum Polizeiposten, um sich mit den uniformierten Kollegen über den Vorfall mit dem Auto zu unterhalten.

„Servus Kollegen", sagte Bischof freundschaftlich durch die Gegensprechanlage, um sich zu erkennen zu geben. Er hatte sich ja schon gestern bei ihnen angekündigt. Nur waren heute zwei andere Beamte im Dienst und durch den stressigen, gestrigen Tag waren die Information, dass der Bischof heute vorbeikommen würde, wohl irgendwie auf der Strecke geblieben.

„Was heißt servus? Wer bist denn du?", kam es aus dem Lautsprecher.

„Bischof von der Mordkommission, darf ich reinkommen?", kam es jetzt etwas überrascht.

Drinnen saßen zwei Beamte, die der Bischof nur vom Sehen kannte.

„Haben eure Kollegen von gestern heute frei?", fragte der Bischof, weil er eben diese beiden erwartet hatte.

„Ja, die sind erst morgen wieder im Dienst, können wir weiterhelfen?", meinte ein - sagen wir es einmal höflich - etwas untersetzter Uniformierter mit Schnauzbart. Der Schnauzbart war noch um einiges dunkler als sein Haupthaar, das komplett grau schien. Die Glatze darunter versuchte der Träger mit einer nicht gerade modischen Frisur zu überdecken. Man sah ihm an, dass körperliche Fitness nicht gerade zu seinem Polizeialltag gehörte. Der zweite Kollege war das Gegenstück. Groß, sportlich schlank, aber auch zirka zwanzig Jahre jünger. Der Bischof dachte sich, gut, Alter vor Schönheit, und redete mit dem kleinen Dicken weiter:

„Es geht um unsere gestrige Anzeige bezüglich Vandalismus an unserem Auto."

„Ach ja, Schurli hast du das schon fertig geschrieben?", fragte der kleine Dicke den großen Sportlichen.

„Jop, wartens kurz, ich hole die Unterlagen, dann können wir reden", meinte der Sport-Typ.

Der Bischof wusste natürlich, was das hieß, das hieß so viel wie keine Spur von einem Täter, denn wenn ein Beamter erst die Unterlagen holen musste, dann war wohl klar, dass nichts geschehen war und es keinen Hinweis auf einen Verdächtigen gab. Aber da es sich um Behinderung in einem Mordfall handelte und der Bischof das auch den gestrigen Kollegen mehrmals mitgeteilt hatte, wurden wenigstens Fotos vom Tatort, sprich Parkplatz, gemacht, und auch die Umgebung war ein wenig abgesucht und sogar zwei Nachbarn vom Kirchenwirt waren befragt worden. Eine ältere Dame soll sogar etwas gesehen haben. Allerdings hat sie niemanden erkannt. Sie meinte nur, dass es sich ganz sicher um einen sehr jungen Menschen, wahrscheinlich Burschen gehandelt hatte. Das war so eine Vermutung, die Bewegungen, das Laufen, das sprach eher für einen jungen Mann. Aber Genaueres hatte sie auch nicht zu Protokoll geben können. Gestochen hatte man mit einem Schraubenzieher, das stand jedenfalls fest, denn den hatte der Täter anscheinend in der Aufregung beim Weglaufen verloren.

Das Tatwerkzeug war also gefunden worden, aber der Täter war doch wieder so schlau gewesen, keine Fingerabdrücke zu hinterlassen. Es war so ein Schraubenzieher, den man in den Werkzeugkoffern der Bauhäuser findet, so ein 0815 Ding. Das war nun die Hoffnung vom Bischof. Solche Koffer gibt es doch normalerweise in jedem Haus nur einmal, und den mit dem fehlenden Schraubenzieher wollte der Bischof jetzt finden. Denn, wer das Auto zerstört hatte, der würde auch über andere Dinge in diesem Fall Bescheid wissen, davon war er überzeugt.

Der Bischof war heute in einer Laune, in der

ihn nichts aufzuhalten schien. Rein ins Auto und raus zur Pöllibäurin. Einfahrt, Hof, raus aus dem Auto und in einem flockigen Gang Richtung Pöllibäurin, die im Hof an irgendetwas herumwerkelte und völlig überrascht war, den Bischof schon wieder zu sehen.

„Grüß sie, Frau Lendner", kam es vom Bischof in eiligem Ton.

Die Lendner aber verzichtete wieder auf einen Gruß, sah ihn nur an und wartete auf das, was er zu sagen hatte.

„Schauen sie einmal, was wir gefunden haben, der gehört doch zu ihrem Werkzeug, oder? Den habe ich doch gesehen in der Werkstatt, da hängt doch alles in Reih und Glied".

Volltreffer! Die Lendner war so überrascht und überrumpelt, dass sie wieder einmal nichts sagte. Alte Weisheit, nichts sagen ist immer besser als irgendetwas zu sagen und sich dann eventuell in etwas hineinreden, aus dem man nicht mehr herauskommt. Denn einmal etwas Falsches gesagt, dann könnt ihr euch sicher sein, so ein Profi wie der Bischof hat dich dann festgenagelt, da kommt man nicht mehr raus. Irgendwann hatte sich die Lendner aber doch wieder gefasst und meinte: „Das ist ein Allerwelts-Schraubenzieher, den haben wahrscheinlich zehn Leute alleine bei uns im Dorf zu Hause herumliegen".

„Herumliegen? Das glaube ich nicht, ich kenne diese Art von Schraubenzieher, weil ich ein alter Werkzeug-Fan bin, und diese Art von Schraubenzieher kommt nur in ganzen Werkzeugsätzen, sprich Werkzeugkoffern, vor. Das weiß ich aus dem Bauhaus", erklärte der Bischof.

„Na und, diese Koffer gibt es auch in jedem zweiten Haushalt, was wollen sie jetzt von mir?", meinte die Lendner in einem zunehmend verärgerten Ton.

„Ich möchte einfach nur wissen, ob ihnen der Schraubenzieher vielleicht abgeht, ich bin mir ziemlich sicher, einen solchen Werkzeugkoffer bei ihnen in der Werkstatt gesehen zu haben. Frau Lendner, es geht hier nicht um die Sachbeschädigung am Auto, es geht um die Aufklärung des Mordes an ihrem Mann und den Morden an zwei weiteren Menschen. Ich glaube, sie sollten daran interessiert sein, dass wir bei der Aufklärung weiterkommen!", drückte sich der Bischof jetzt ganz klar aus.

So klar spricht man dann, wenn man sich seiner Sache ganz sicher ist, und das war der Bischof heute. Er war sich sicher, dass er heute zumindest den Auto-Attentäter fassen würde. Da konnte ihn nichts aufhalten. Umso verblüffter war er, als ihn die Lendnerin aufforderte mitzukommen, und er folgte ihr wortlos in die Werkstatt, die so aufgeräumt war, da dachte man, eine Haushälterin würde da einmal in der Woche vorbeikommen um Ordnung zu schaffen. Jeder Hammer, jeder Schrauber, jede Maschine in Reih und Glied nebeneinander gestellt oder an der Wand befestigt. Mehrere Koffer standen nebeneinander, penibel beschriftet, da würde jeder Archivar neidisch werden bei dem Anblick. Aber der Bischof suchte einen bestimmten Koffer, er wusste, wie der auszusehen hatte, war er doch der Heimwerkerkönig unter den Kriminalisten. Er hatte eine Sparbüchse für das Geld, das er sich jeden Tag fürs Nichtrauchen erspart hatte. Mit dem Geld hatte er sich dann eine Werkstatt eingerichtet. Er war ja auch ein ordentlicher Mensch, aber mit der pöllibäurischen Ordnung konnte er nicht mithalten. Das war schon Perfektion.

Aber wo waren wir – ach ja, beim Koffer. Da stand er, keine Frage, das musste er sein. Zu diesem musste der Schraubenzieher gehören. Fast triumphierend hob Bischof das Werkzeug und zeigte es nochmals der Lendner. Sie ging kopfschüttelnd zum Werkzeugkoffer und öffnete ihn, und dem Bischof fiel, wie man in Österreich so schön sagt, das „Ladl" runter, was so viel heißt wie, dass ihm der Mund offen blieb, als Zeichen seines Erstaunens.

„So, und jetzt verschwinden sie vom Hof, ich habe zu tun!", sagte die Pöllibäurin unmissverständlich.

„Das nächste Mal bringen sie einen Durchsuchungsbefehl mit, nochmals lasse ich Ihre Frechheiten nicht so durchgehen, auf Wiedersehen!", setzte sie nach.

Der Bischof wandte sich wortlos ab und fuhr Richtung Kroissbauer Hof. „Wie konnte ich mich so täuschen? Ich war mir so sicher wie selten zuvor", redete er mit sich selbst im Auto und im Hintergrund lief der steirische Regionalsender, diesmal aber mit einer anderen Musik. „Großvota, konnst du net owa kumman auf an schnön Kaffee, Großvota i hob da so vü zum sogn wos i erst jetzt versteh", klang es aus dem Radio, und der Bischof dachte sich „Ich verstehe gar nichts mehr". Ok, es war ihm schon klar, dass es sich um einen Allerwelts-Schraubenzieher handelte, aber er war sich trotzdem so sicher gewesen, auf der richtigen Spur zu sein.

Beim Kroissbauern war anscheinend niemand zu Hause. Sein Auto war weg und ihr Auto stand noch so da, wie sie es eben vor ihrem Abgang abgestellt hatte.

Okay, jetzt muss man sagen, dass das, was der Bischof gemacht hat, nicht 100% nach Dienstvorschrift war, aber er nutzte diese Chance und ging in die Werkstatt, um dort den passenden Koffer für diesen Schraubenzieher zu finden. Negativ! Der Kroissbauer gab sich mit solch billigem Kram nicht zufrieden, da war nur deutsche Markenware vorhanden. Mit dem Werkzeug können die Enkel noch arbeiten, solch eine Präzession und Widerstandskraft hatten diese Sachen. Gemacht für die Ewigkeit. Aber der Bischof war sich ja auch bei der Lendner so sicher gewesen und beim Kroissbauern nicht unbedingt. Dass der Kroissbauer in der Nacht, in der sich seine Frau tötete, zum Kirchenwirt fahren würde, das konnte der Bischof ausschließen.

Nun müsst ihr wissen, dass der Kiendl die Kollegen natürlich recherchieren ließ, wie und wo dieser Schraubenzieher in Umlauf gekommen war, und diese Nachforschungen hatten ergeben, dass vor zwei Jahren eine große Aktion in ganz Österreich war. Da waren 30.000 Koffer im ganzen Land verkauft worden, und wenn man ein bisschen ein Fan von Werkzeug ist, dann kennt man diese Marken, und diese Marke war eben so eine amerikanische, die du nur in ganzen Koffer-Sets bekommst. Der Bischof hatte also Recht gehabt. Das Problem war, dass die Chance, dass tausende andere Leute diesen Koffer ebenfalls zu Hause hatten, relativ groß war. Vielleicht haben sich die Pöllibauers ja zwei Aktionskoffer gekauft, weil so abwegig ist der Gedanke gar nicht. So ein großer Hof. Die Autos, Traktor, Mähdrescher, Mähbalken, und, und, und. Da kannst du im Hochsommer und im Herbst mit einem Koffer gar nicht auskommen, oder du musst jedes Mal einen Halbmarathon hinlegen, damit du zu dem einen Koffer kommst. Nur, so eine Niederlage wollte sich der Bischof nicht noch einmal leisten müssen. Noch einmal so niedergemacht werden von der Lendner, nein, da würde jetzt nach dem Vorbild des Kroissbauer-Hofes vorgegangen werden.

Bischof wollte sich also umschauen, wenn die Bäuerin nicht zu Hause war. Aber mit dem Kiendl als Aufpasser, weil man weiß ja nie, da glaubt man, die Frau fährt für zwei Stunden weg, und dann kommt sie aber nach fünf Minuten drauf, dass sie vergessen hat, den Herd abzudrehen. Das wäre halt schon eine peinliche Situation. Aber den Kiendl als Aufpasser einzusetzen, das schien dem Bischof eine gute Idee zu sein. Jedenfalls war das natürlich nicht ganz erlaubt, was die beiden da vorhatten. Aber sie entschuldigten ihr Verhalten damit, dass es immerhin um einen dreifachen Mord ging. Würden sich immer alle an die Regeln halten, bräuchte es keine Bischofs oder Kiendls, die sich Tag und Nacht abmühten, um solche Verbrechen aufzuklären. Um den Tagesablauf der Lendner zu studieren, musste man kein detektivisches Talent besitzen. Einmal in der Woche ging es zur Genossenschaft und dann weiter zum Einkaufen nach Feldbach. Das hatte der Bischof ohne Mühen herausgefunden, denn schließlich war er ja schon lange genug in der Gegend und hatte mitbekommen, wie das so ablief am Hof. Ein paar Mal ist er ihr sogar im Supermarkt begegnet, und es war immer der gleiche Wochentag und immer zur gleichen Zeit. Anscheinend kann man so einen großen Hof gar nicht anders führen ohne diese immer wiederkehrenden Abläufe. Jedenfalls war es wieder einmal so weit, und die Lendner fuhr mit ihrem Auto Richtung Feldbach. Bischof und Kiendl warteten schon in einer Waldschneise auf ihren Auftritt. Sollte die Pöllibäuerin wider Erwarten etwas vergessen haben und früher zum Hof zurückkehren, so konnte man noch immer reagieren, und als Ausrede wäre eine Befragung natürlich nahe gelegen. Die Kinder sind ja sowieso nicht hier, also war die Luft rein. Auf die Gefahr hin, dass die beiden von Nachbarn gesehen werden würden, hatten sie noch immer die Ausrede, dass sie auf die Bäuerin warten mussten. Der Bischof marschierte los. Werkstatt, Stall, Traktor, Garage, rein in ein Nebengebäude, nichts. Der Bischof, der sich seiner Sache so sicher gewesen war, war dermaßen enttäuscht, dass er es nicht verbergen konnte.

„Weißt was Kiendl, ich fahre fürs Wochenende nach Graz und nehme mir eine Auszeit. Dann werde ich auch unsere Tierschützer gleich noch ein bisschen befragen, die haben an dem Wochenende ein großes, veganes Fest geplant. Mal schauen, wer sich dort so alles herumtreibt, ich bin auf jeden Fall dabei.", sagte er mit Bestimmtheit in Richtung Kiendl. Der nahm das wie meistens stillschweigend zur Kenntnis. Für ihn hieß es weiter Papierkram abzuarbeiten und zu hoffen, dass sich eine Tür in dem ganzen Fall öffnen würde.

6

Es war Samstagmorgen und der Bischof wollte nichts von dem Fest versäumen, auch wenn es erst am späten Vormittag starten sollte. Er war schon da und beobachtete die Aktivisten bei ihrem hektischen Treiben.

Da waren neben steirischen, Wiener, Linzer, Salzburger, Vorarlberger auch kroatische Kennzeichen zu sehen. Alle waren beschäftigt und waren guter Laune. Sie bauten eine kleine Zeltstadt und eine Bühne auf, wie es auf solchen Sommerveranstaltungen halt üblich ist. Auf der Bühne war schon der Sound-Check im Gange, und aus einer weiteren Box kam Musik. Essensstände wurden aufgebaut und Stromkabel verlegt, alles lief trotz der Hektik ruhig und gut gelaunt ab.

Ein paar Jüngere beschäftigten sich mit den Biertischen und Bierbänken und schön langsam begann es, wie auf einem normalen Volksfest zu riechen. Die ersten Gäste saßen auf der Wiese und warteten auf den Start des Programms. Es gab ja jedes Jahr dieses Fest der veganen Leute, und die meisten von denen schienen einander zu kennen. Da waren auch die drei Demonstranten von der letzten Befragung.

Der Chef von denen schien noch etwas müde zu sein, als er aus dem Auto stieg und den Kofferraum öffnete, um den wartenden Leuten

Kabelrollen, Klebebänder und eine Art Zelt rauszugeben. Unglaublich, was in so ein Auto alles reinpasste. Doch jetzt müsst ihr euch vorstellen, der Bischof hat sich so ein bisschen von der Stimmung anstecken lassen, hat dem bunten Treiben zugesehen und die Leute beobachtet, da tauchte plötzlich aus diesem Auto der Werkzeugkoffer der Pöllibäurin auf, also nicht ihrer, ihr wisst schon, wie ich das meine, nein, der gleiche Koffer, wie ihn die Pöllibäurin hatte, wurde da aus dem Auto gereicht. „Das gibt's ja nicht!", sagte der Bischof lauter, als er es vor gehabt hatte, und ein paar Leute schauten ihn fragend an. Der Bischof sprang auf, rannte hinunter zu dem Aktivisten-Chef und begrüßte ihn fast freudig. „Guten Morgen, Herr Zittel, ich weiß, ich komme etwas ungelegen, aber sie könnten mir einen großen Gefallen tun."

Der Zittel Kurti war ein großer, durchtrainierter, 45jähriger Mann mit Muskeln wie Stahl, so schien es zumindest durch das hautenge T-Shirt zu wirken. Er war total überrascht, die Mordkommission auf dem Fest zu treffen, aber er blieb ruhig und freundlich. „Guten Morgen der Herr, was kann ich für sie tun?", fragte Zittel.

„Bitte, lassen sie mich kurz in Ihren Werkzeugkoffer reinschauen", drängte der Bischof ungeduldig, aber auch voller Vorfreude.

„Wenn es weiter nichts ist, bitte tun sie sich keinen Zwang an, schauen sie ruhig rein", sagte der Zittel mit einem Lächeln im Gesicht, aber nicht mit so einem arroganten, wie es viele haben, sondern mit einem sympathischen.

Der Bischof öffnete den Koffer wie ein Kind zu Weihnachten ein Geschenkspackerl öffnet, und er war auf dem ersten Blick etwas verwirrt, denn in dem Koffer herrschte das totale Chaos. Wie ihr wahrscheinlich wisst, hat in solchen Werkzeugsätzen normalerweise alles seinen Platz und alles ist vorgegeben. Da gibt es Schlaufen für die Wasserwaage, für den Schraubenzieher, für den Hammer und so weiter. Wenn du diese Ordnung nicht einhältst, bekommst du das Ding normalerweise gar nicht mehr zu, zumindest nicht ohne Gewalt. Aber als der Bischof den Koffer aufmachte, herrschte da drinnen Chaos pur.

„Tut mir leid, Herr Zittel, aber ich muss sie bitten, sich für mich und den Koffer kurz Zeit zu nehmen. Setzen wir uns doch bitte kurz da rüber auf die Wiese.", sagte der Bischof diesmal sehr bestimmt.

Der Zittel war etwas überrascht: „Aber bitte nur kurz, wir wollen in einer Stunde mit dem Fest starten, und wie sie sehen, ist da noch einiges vorzubereiten."

Der Bischof nickte, nahm den geöffneten Koffer in beide Arme, und die Männer setzten sich etwas abseits vom Trubel.

„Schauen sie", der Bischof räumte den Koffer bis auf den letzten kleinen Nußaufsatz aus.

„Da gibt es folgendes Problem: Unser Auto ist vor ein paar Tagen ziemlich hergerichtet worden, und das Tatwerkzeug stammt wahrscheinlich aus diesem Koffer da."

Der Zittel wurde bleich und sagte kein Wort.

„Nicht, dass sie jetzt glauben, dass wegen einem

Vandalenakt die Mordkommission ausrückt, so fad ist uns auch wieder nicht, aber es besteht der Verdacht, dass das Zerstören unseres Autos im Zusammenhang mit den Mordfällen steht, verstehen sie mich Herr Zittel?"

Der Zittel schwieg und runzelte etwas die Stirne und tausende kleine Frage- und Rufzeichen schienen aus den kleinen Hautfalten hervorzutreten.
Der Koffer war jetzt komplett leer und Bischof begann ihn nun so einzuräumen, wie es vorgegeben war. Für einen alten Heimwerker war das kein Problem, außerdem war ja jedes Werkzeug im Koffer aufgezeichnet, das sollte ein fünfjähriges Kind schaffen, alles fehlerfrei einzusortieren. Dass genau der gesuchte Schraubenzieher fehlte, das hatte der Bischof sofort bemerkt, er wollte nur sicher gehen, dass sonst nichts fehlte, denn wenn zehn oder fünfzehn Werkzeugteile verschwunden gewesen wären, dann hätte man sich noch immer rausreden können auf einen unvollständigen Werkzeugkoffer. Aber dem war nicht so. Wie ein Puzzle baute Bischof den Koffer zusammen. Ein unvollständiges Puzzle, denn genau der Platz für diesen einen Schraubenzieher blieb leer.

„Schauen sie, Herr Zittel, das ist ja ihr Koffer, oder? Ich bin mir ganz sicher, dass der Schraubenzieher, der in der Nähe unseres beschädigten Autos gefunden wurde, hier zu dem Koffer gehört. Jetzt wird es Zeit, dass sie mit mir reden, sonst muss ich sie, wenn nicht schon wegen Mordverdachts, aber doch wegen Verdunkelungsgefahr festnehmen lassen. Also, erzählen sie mir jetzt freiwillig die Wahrheit, indem sie mit mir kurz ins Büro fahren, oder ich muss die Kollegen anrufen und sie sind sofort in Haft. Es ist Ihre Wahl!"

„Na dann, wie lange werden wir brauchen?", fragte ein gefasster Zittel, und seine Stirnfalten schienen immer mehr zu werden, man sah den Stirnfalten an, dass sie die Gedankengänge mitsteuerten, die jetzt in Zittels Kopf herumschwirrten.

„Geben sie uns zwei Stunden und dann sind sie wieder bei ihrem Fest hier.", meinte der Bischof. Weil, dass der Zittel in der Nacht aufs Land raus fuhr, um dort ein Auto zu zerstören, das glaubte er keine Sekunde, da wäre er eher für die Morde in Frage gekommen, aber auch das schloss der Bischof mittlerweile aus. Doch er war sich sicher, dass die Tierschützer etwas gesehen oder zumindest etwas Verdächtiges bemerkt hatten, und das wollte er herausfinden.

„Kommens bitte, wir fahren mit meinem Auto, es steht gleich da drüben", erklärte Bischof.
Der Zittel folgte dem Bischof ruhig und gelassen, nachdem er nur noch ein paar Leuten Bescheid gegeben hatte, dass er gleich zurückkommen würde.

Ein Samstagmorgen in Graz ist ja eher ruhig, besonders im Sommer. Die Straßen füllen sich erst langsam mit Autos und Menschen, in den Ferien geht alles noch langsamer, weil da fährt jeder weg, der kann. Graz ist ja eine Studentenhauptstadt und mit den tausenden Studenten, die im Sommer größtenteils fehlen, wird es auch dementsprechend ruhiger in der

Stadt.

„Schaut ja riesig aus euer Fest, das ihr da veranstaltet, und da ist alles vegan?", wollte der Bischof ein bisschen ins Gespräch kommen, um die Fahrt etwas kurzweiliger zu gestalten.

„Ja, das veranstalten wir jedes Jahr, und die Leute haben immer viel Spaß dabei, auch wenn es anstrengend ist zum Organisieren", meinte Zittel.

Bischof: „Da riecht es ja nach Gegrilltem, und Döner habe ich auch gesehen. Was ist da drinnen, entschuldigen sie bitte diese Fragen, aber sie haben wahrscheinlich bemerkt, dass ich kein Veganer bin, nicht einmal ein Vegetarier."

Zittel: „Das ist verschieden, aus Weizeneiweiß oder aus Soja wird viel gemacht, eigentlich kann man bei uns alles essen, was es auf einem herkömmlichen Fest auch gibt, nur nichts vom Tier. Das Soja stammt übrigens ausschließlich aus Österreich."

Bischof: „Ok, und wie lange machen sie das schon? Ich meine, wie lange leben sie schon vegan?"

Zittel: „Bei mir sind es heuer zwanzig Jahre."

Bischof: „Wow, für das schauen sie aber gut aus, wenn ich das so sagen darf. Aber warum trinken sie keine Milch, da töten sie doch niemanden damit, das wollte ich schon immer wissen."

Zittel erwiderte geduldig, so als ob er diese Frage das erste Mal hören würde: „Das Kalb ist ein Abfallprodukt der Milchindustrie. Ist es männlich, kommt es nach ein paar Wochen zum Schlachthof, ist es weiblich, wird es wahrscheinlich als Milchkuh ein

Leben lang eingesperrt sein, es wird ständig vergewaltigt, denn eine Kuh gibt nur dann Milch, wenn sie schwanger war, das ist so wie bei uns Menschen, und jedes Mal wird ihr nach kurzer Zeit das Kalb weggenommen. Das Klagen der Kühe, wenn sie ihre Babys verlieren, ist herzzerreißend."

Bischof: „Schrecklich, - und dann sind sie Tierschützer geworden und ein großer Teil ihrer Arbeit sind wohl nächtliche Recherchen."

Zittel schwieg und auch der Bischof, denn er hatte sich auf diese Frage keine Antwort erwartet.

Auch in der Landespolizeidirektion war es am Samstag sehr ruhig. Der Portier erkannte den Bischof schon von weitem und öffnete den Schranken zum Innenhof. Wo unter der Woche geschäftiges Treiben stattfand, war am Wochenende Stille angesagt. Dem Bischof war das nicht unrecht, denn die ewige Fragerei gewisser Kollegen nervte ihn nur. So konnte er sich heute ganz auf den Zittel konzentrieren und nebenbei die Niederschrift machen. Normalerweise machte die Schreibarbeit ja ein Kollege, aber nun war für solche Aufgaben niemand im Haus. Der Bischof bot dem Zittel etwas zu trinken an und brachte ihm ein Glas Wasser. Auch er selbst zog bei der Hitze Wasser dem Kaffee vor.

„So, jetzt erzählen sie mir bitte von der Nacht zum 8. August des letzten Jahres!", sagte Bischof, während er eine Protokollvorlage am PC suchte und öffnete.

Zittel: „Da gibt es nicht viel zu erzählen und ich werde keine Namen nennen."

Bischof: „Ganz ehrlich, mich interessiert es

auch nicht, wer dabei war, ich bin von der Mordkommission und ich will diesen Fall mit mehreren Toten lösen, das verstehen sie doch, oder? Das ist meine Arbeit."

Das, „das verstehen sie doch" war so ein Standardsatz vom Bischof, der schon fast eine Gewohnheit bei ihm war. Aber er bemerkte, dass die Leute immer auf diesen Satz reagierten und deshalb setzte er ihn gerne ein, das nur so nebenbei, falls ihr euch fragen solltet, warum der Bischof den Satz dauernd sagte.

Zittel: „Das weiß ich, ich will nur meine Leute schützen. Das gehört zu meiner Arbeit."

Bischof: „Wenn die Leute nicht mehr gesehen haben als sie, dann gibt es keine Veranlassung dazu, diese einzuvernehmen, das kommt dann ganz auf sie an. Der fehlende Schraubenzieher im Koffer ist jedenfalls ein ziemlich eindeutiger Beweis, dass sie zumindest in der Gegend waren, und auf einem Überwachungs-Video sind eindeutig drei Tierschützer zu sehen, die in einen Stall einbrechen und zwar in der Mordnacht. Dass sie damals nicht dabei waren, kann ich nicht mehr glauben, und das wissen sie."

Zittel: „Ja, ja ich verstehe schon, und damit ich Ruhe vor ihnen habe, erzähle ich ihnen jetzt die Geschichte. Es war eine Recherche-Nacht wie jede andere auch, und wir bekamen einen Hinweis, dass es in der Ortschaft einen Schweinestall mit sehr schlimmen Haltungsbedingungen geben sollte. Der Informant hat sich schriftlich, also per Post, an uns gewendet. Da war nur ein Hinweis drinnen und die

Ortschaft. Dann habe ich im Internet recherchiert, welche Höfe in Frage kommen könnten, und das waren halt zwei."

Bischof schrieb im Eiltempo mit, las noch einmal die Zeilen durch, schaute kurz aus dem Fenster und wandte sich wieder dem Zittel Kurt zu.

„Also, der anonyme Hinweisgeber hat sich dann nicht mehr bei ihnen gemeldet?"

Zittel: „Doch, das war ein bisschen eigenartig, er hat mir noch einmal geschrieben und sich als Journalist zu erkennen gegeben. Ich habe mir gedacht, super, dann haben wir gleich jemanden, der die Geschichte an die Öffentlichkeit transportiert, und ich helfe ihm einfach nur dabei. Ich mache das ja schon lange genug, und im Internet stehe ich auch, da ist es keine Kunst an unsere Adresse und an meine Person zu kommen."

Bischof: „Und der große Unbekannte war der Pokorny, richtig?"

Zittel: „Ja. Ich habe ihn aber nicht gekannt, erst als ich im Internet recherchiert habe, bin ich dahinter gekommen, dass er ziemlich bekannt war."

Bischof: „Und wieso haben sie uns das nicht gleich gesagt? Was haben sie für Befürchtungen gehabt?"

Zittel: „Die Tierrechtsszene steht seit Jahren unter Beobachtung von der Staatspolizei, das wissen wir und sie wahrscheinlich auch. Telefone abhören, Autos mit GPS-Empfängern versehen und vieles mehr. Wir wollten auf keinen Fall irgendwie in der Öffentlichkeit dastehen, als welche, die da in einen Mordfall verwickelt sind. Das hätte unseren Gegnern nur Stoff für noch mehr Rufmord gegeben. Darauf haben wir keine Lust. Es ist ja so schon schwer genug."

Bischof: „Wie ist es weitergegangen, haben sie mit ihm telefoniert?"

Zittel: „Nein, telefonieren ist zu gefährlich. Ich weiß ja, dass mein Telefon abgehört wird, und dann würde ich auch meinen Informanten gefährden. Nein, er hat mir Zeit und Ort schriftlich mitgeteilt und ich bin dann eben hingefahren. Der Pokorny war ja auch ein Profi, er hat keine Anstalten gemacht, mir das Ganze am Telefon zu erzählen. Die meisten Menschen reden, wenn sie über Tierquälereien berichten, munter am Telefon drauf los. Ich muss sie dann immer einbremsen und bitte sie um ein persönliches Gespräch."

Bischof: „Sie sprechen in der Einzahl, sie waren aber nicht alleine, da waren mehrere Leute auf dem Video zu sehen, eindeutig."

Zittel: „Ja, wenn sie etwas von mir wollen, dann hat es die anderen Leute nicht gegeben, ok? Das wäre mein Angebot, nehmen sie es an?"

Der Bischof nickte und verneinte gleichzeitig, es war eher so ein Kopfkreisen, jedenfalls war kein ja oder nein aus den Bewegungen abzulesen, das hatte wohl damit zu tun, dass er selber nicht eindeutig antworten konnte: „Ich nehme es an, wenn keine strafrechtlichen Dinge geschehen sind oder unsere Ermittlungen dadurch behindert werden, aber das ist ihnen, glaube ich, schon klar."

Zittel: „Ja. Die anderen Leute hatten mit der Sache nichts zu tun, die wussten nicht einmal, wer der Pokorny war. Nur ich kannte ihn und hatte Kontakt, die anderen dachten nur an einen weiteren Tierschützer aus einem anderen Bundesland."

Bischof: „Gut, dann sind sie hin und haben den Pokorny beim Stall getroffen, oder wie ist das abgelaufen?"

Zittel: „Nein, wir haben uns auf einem Park and Ride Parkplatz bei Feldbach getroffen. Dort haben wir uns kurz besprochen. Ich wollte, dass er das Tierleid in einer großen Story verpackt, dafür hätten wir ihn in den Stall reinbringen, filmen und Fotos machen können. Natürlich ohne uns zu erwähnen. Er hat zugestimmt und wir sind zu dem Stall gefahren, der war ja nicht schwer zu finden."

Bischof: „Und dann habt ihr die Türen aufgebrochen und seid eingestiegen..."

Zittel unterbrach den Bischof leicht verärgert: „Wir brechen nichts auf, wir zerstören kein fremdes Eigentum, wir haben da unsere eigenen Methoden, und niemand bemerkt, dass wir da waren, außer es ist eine blöde Kamera montiert. Uns geht es darum, Missstände aufzudecken und die Öffentlichkeit darüber zu informieren. Die Menschen müssen erkennen, was sie mit ihrem Konsumverhalten auslösen."

Bischof: „Ok, interessiert mich auch nicht, wie sie das machen, aber dann waren sie drinnen, sie und der Pokorny. Was weiter?"

Zittel: „Nichts Aufregendes, das Übliche halt, filmen, fotografieren, Beweisfotos, dass wir belegen können, dass es genau dieser Stall und kein anderer war und so weiter."

Bischof: „Und dann seid ihr erwischt worden, oder was ist geschehen? An dem Abend hat es zwei Tote gegeben."

Zittel: „Nichts weiter, wir waren zirka zwei Stunden im Stall und haben Material gesammelt. Dabei muss ich wohl den Schraubenzieher verloren haben."

Bischof: „Ok, sie wissen, wem der Stall gehörte?"

Zittel: „Ja, sicher. Der Familie Kroissbauer."

Bischof: „Und weil sie schon in der Gegend waren, sind sie dann gleich weiter zum nächsten Stall, ich meine, der ist ja nur ein paar hundert Meter weiter weg vom Kroissbauer, das haben sie bei Ihren Arbeiten ja sicher nicht übersehen, wie ich sie einschätze, oder?"

Zittel: „Nein, das war mir klar, und wir sind auch hingefahren. Nur hatten zwei unserer Leute keine Zeit mehr, und die sind dann nach Graz zurück gefahren, weil sie am nächsten Tag zur Arbeit mussten. Also bin ich mit dem, wie hieß der noch schnell, Pokorny, alleine weiter zu den Lendners."

Bischof: „Sie waren nur zu zweit? Sie und der Pokorny, ok. Aber dann muss etwas passiert sein."

Zittel: „Ja, ich habe dem Pokorny die Türe geöffnet und ich habe draußen auf ihn gewartet. Er hat meine Kamera mitgenommen, mit der kann man auch in der Nacht gute Bilder machen, und ich habe aufgepasst, dass niemand kommt."

Bischof: „Und, ist dann jemand gekommen?"

Zittel: „Nein, da war niemand. Der Pokorny

war zirka eine halbe Stunde im Stall und hat gefilmt. Als er raus gekommen ist, sind wir zurück zum Park and Ride Parkplatz und ich habe ihm die Speicherkarte mit dem Filmmaterial gegeben, das war es."

Bischof: „Und sie haben nichts mehr von dem Material?"

Zittel: „Nein, er hat mir gesagt, dass er mir die Speicherkarte dann per Post schicken wird, sobald er die Geschichte auf seinem PC hat."

Bischof: „Und sie möchten mir jetzt klar machen, dass sie nichts von den Morden bemerkt haben wollen?"

Zittel: „So ist es, mehr habe ich nicht zu sagen."

Der Bischof ist jetzt normalerweise keiner, der gleich einmal böse wurde, außer ihm war klar, dass man ihn belog, dann konnte er schon mal etwas grantig werden.

Bischof: „Geh, hören sie doch auf, das glaubt ihnen doch kein Mensch. Kann es sein, dass der Pokorny nicht mehr raus gekommen ist und sie nach einiger Zeit nachgeschaut, das Verbrechen gesehen und ihm die Kamera abgenommen haben und dass sie dann vor lauter Panik geflüchtet sind?"

Zittel: „Na, dann sollte Ihre Spurensicherung ja Spuren gefunden haben von meinem Auftritt, oder? Außerdem sollte ich dann von diesen Verbrechen auch zumindest etwas gehört haben, so ein Mord geht ja nicht lautlos ab, oder?"

Der Bischof wusste das natürlich, aber er kannte auch Einbrechermethoden, die zwar Spuren hinterließen aber keine Beweisspuren, und so wie er den Zittel einschätzte, glaubte er, dass dieser eine solche Methode angewendet haben könnte. Eine beliebte Methode war es ja, Plastiküberzieher über die Schuhe zu geben, so konnte man eindeutige Schuhabdrücke sehr gut vermeiden. Aber in einem Schweinestall war es sowieso ein bisschen schwieriger, Beweismittel zu sichern. Die staubige Luft, die ständig zirkuliert, machte die Arbeit nicht einfacher, und der Zittel hatte recht, weitere Spuren waren nicht gesichert worden, was aber nicht beweist, dass er nicht doch im Stall gewesen ist, denn wo gerade noch eine Spur im Staub war, war am Morgen darauf schon wieder alles mit Schmutz bedeckt, weil die Luft in einem Schweinestall ist ja, naja, ich habe das ja schon eingangs erwähnt. Eine harte Nuss, dieser Herr Tierschützer.

Bischof: „Schauen sie, wenn sie nicht die Kamera an sich genommen hätten, dann hätten wir beim Pokorny das Material finden müssen, ich glaube nämlich nicht, dass der Mörder auch das Filmmaterial mitgehen hat lassen, schon gar nicht, wenn es sich um eine kleine Speicherkarte hätte handeln sollen. Also, hören sie jetzt bitte auf, mir diese Schwachsinnigkeiten aufzutischen. Ich kann auch sofort einen Durchsuchungsbefehl anfordern, das wäre überhaupt kein Problem, da, sehen sie das, das ist die Nummer vom Staatsanwalt, der genehmigt mir das auch am Wochenende, wenn es sein muss." Der Bischof deutete auf das Display seines Telefons. „Und dass sie auf ihrem Fest heute dann nicht mehr erscheinen werden, das ist ihnen wohl auch klar.", meinte Bischof mehr als eindeutig.

„Ist klar, ich verstehe", erwiderte der Tierschützer etwas kleinlaut.

Bischof: „Na und, was jetzt?"

Zittel: „Na gut. Ich bin nach einer Stunde in den Stall rein, weil es ist mir komisch vorgekommen, dass er so lange weg war, der Pokorny. Der Stall ist ja sehr lange und es ist sehr laut durch die Lüftungen und so – und als ich ans Ende des Stalls gelangt bin, habe ich eben den einen am Strick gesehen und dann den Pokorny. Der Pokorny war eindeutig tot und beim anderen war das sowieso auch schon klar, wie der da gehangen ist. Ich habe die Kamera an mich genommen und bin weg, so schnell ich konnte. Sie können mir da nicht einmal unterlassene Hilfeleistung andichten, so tot waren die."

Bischof: „Sind sie jetzt auch noch Arzt oder wie? Und wieso haben sie nicht die Polizei gerufen, sie als rechtlich geschulter Tierschützer?"

Zittel: „Ich hatte Panik – und dann dachte ich an die Öffentlichkeit, dass Tierschützer in einen Mordfall verwickelt sein sollen und so. Das wollte ich auf keinen Fall, wir sind ja für Leben und gegen jede Form von Gewalt. Ja, und am nächsten Morgen habe ich es eh schon im Radio gehört, als ich munter wurde und nicht einmal mehr sicher war, ob es ein Traum oder Realität gewesen ist."

Bischof: „Haben sie das Videomaterial kontrolliert, ist da irgendetwas drauf, außer Schweine, etwas was wir verwenden könnten?"

Zittel: „Nein, von dem Stall war überhaupt kein Material auf der Karte. Alles Filmmaterial war vom Kroissbauern, sie können das gerne nachprüfen."

Bischof: „Ok, dass sie von dem Mord oder den Morden nichts mitbekommen haben, glaube ich ihnen, aber der Täter musste aus dem Stall raus und er musste auch weg. Haben sie kein Auto gehört, oder niemanden gesehen? Ich meine, sie hatten ja so etwas wie eine Aufpasser-Funktion, wenn ich das richtig verstehe, oder?"

Zittel: „Es ist unmöglich, ein 100 Meter langes Gebäude mit vier Seiten und mehreren Zugängen alleine zu kontrollieren, unmöglich ist das. Deshalb habe ich mich auf den Haupteingang konzentriert, der auch zum Wohnhaus rüber schaut."

Bischof glaubte dem Zittel. Aber richtig weiterbringen konnte der ihn auch nicht. Jedenfalls vermutete Bischof, dass jemand den Schraubenzieher mit Absicht dort deponiert hatte, um von sich abzulenken oder um Spuren zu verwischen. Was auch immer sich der Auto-Attentäter dabei gedacht hatte. Die osteuropäischen Einbrecherbanden jedenfalls fielen schon einmal raus aus dem Kreis der Verdächtigen. Ein ertappter Einbrecher, der zum Mörder wird, kommt nicht ein Jahr später wieder an den Ort, um dort ein Werkzeug zu platzieren. Es musste jemand sein, der den Bischof und den Kiendl mittlerweile kannte oder zumindest beobachtete, und dann war noch immer die Frage offen, ob derjenige auch noch der Mörder war oder diesen kannte. Der Bischof kam dem Täter also immer näher, oder der Täter dem Bischof und dem Kiendl, wie man es halt sehen wollte.

Bischof: „Na gut, lassen sie mir die Kamera und die Karte zukommen, am besten gleich am Montag. Ich gehe davon aus, dass sie die Karte nicht überspielt haben."

Zittel: „Nein, es ist alles drauf."

Bischof: „Aber noch einmal, es ist ihnen nicht einmal ein Auto aufgefallen? Wie sind denn sie auf den Hof gekommen und wieder weg? Ich meine, das Auto vom Pokorny haben wir ja gefunden auf dem besagten Parkplatz. Aber wo haben sie geparkt? Ich gehe davon aus, dass sie nicht in den Hof rein gefahren sind."

Zittel: „Nein, wir haben vor dem Hof geparkt und sind dann von dort Richtung Stall gegangen. Es war ja alles finster. Wir waren sehr leise, da die Leute im Sommer ja ihre Schlafzimmerfenster offen haben. Die Bewegungsmelder vom Licht sind wir umgangen, die kannte ich ja schon."

Bischof: „Was ich jetzt nicht ganz verstehe ist, dass der Pokorny das ganze Stallgebäude entlang gegangen ist, ohne eine Sekunde zu filmen. Finden sie das auch nicht etwas eigenartig?", und der Zittel nickte zustimmend. „Also gut, ich fahre sie jetzt zurück zum Fest, und sie bringen den Kollegen am Montag die Kamera plus Karte vorbei, einverstanden?"

Der Zittel nickte noch einmal, und der Bischof brachte ihn zurück ins Zentrum. Dann ging er mit dem Zittel sogar noch kurz auf das Fest, denn er hatte heute ja noch nichts gegessen, und der Zittel begleitete ihn zum Döner-Stand. Mittlerweile waren da hunderte Leute, die feierten, zur Musik tanzten, aßen oder einfach nur in der Wiese saßen und sich freuten, dabei sein zu dürfen. Der Bischof war sich nicht sicher, warum ihm das so schmeckte, ob es der Hunger war, oder ob das Ding wirklich so gut schmeckte, er konnte es nicht sagen. Dem Zittel kam sogar einmal ein Lacher aus, weil ohne Patzerei geht das Döner Essen nicht, nicht einmal bei einem veganen, und dann hatte er auch noch den Döner-Verkäufer beauftragt, das Essen scharf zu machen. Zwei Limonaden mussten die Schärfe jedenfalls löschen, und der Bischof verfluchte den Mann ein wenig.

7

Dem Kiendl konnte man ja viel nachsagen, aber eines konnte man ihm nicht nehmen, nämlich, dass er der genaueste Beamte war, den der Bischof jemals erlebt hatte. Da waren die Akten geordnet, die Notizen, die Dokumente und überhaupt alles, das könnt ihr euch gar nicht vorstellen.

Der Bischof war immer wieder begeistert, denn egal, wie sehr er sich auch bemühte, er schaffte es einfach nicht, Ordnung in die Papiere zu bekommen. Das ist wohl so ein Gen, das man hat oder eben nicht hat. Der Bischof hatte sich damit abgefunden, dass der Kiendl für ihn in diesem Punkt unerreichbar war. Die beiden saßen beim Luis im „kleinen Zimmerl", in einem Nebenraum vom Gastraum, und dort hatten sie sich in die Akten eingearbeitet. Der Kiendl war am Wochenende ja im Ort geblieben, einfach um Präsenz zu zeigen und natürlich um Spuren nachzugehen. Auf Grund der Hitze war das natürlich etwas schwierig, denn sogar der Kirchenwirt war leer. Keine Gerüchte, kein Geschwätz, nicht einmal der Toni - die Zeit schien still zu stehen. Man musste aus dem Ortskern schon etwas raus, um die Kinder vom nahen Freibad schreien zu hören, aber das war es dann auch schon mit der Lebendigkeit an diesen Hitzetagen.

Der Kiendl war noch einmal bei der Pöllibäurin gewesen, um nach ihren zwei Kindern zu fragen, denn die hatte man ja bisher völlig außeracht gelassen. Aber wie gehabt waren sie nicht da, auch die Kinder des Kroissbauern waren nie anzutreffen gewesen. Irgendwie eigenartig. In einer so gut funktionierenden Familie sollte es doch selbstverständlich für die Sprösslinge sein, ihrem Vater beizustehen, in dieser schweren Zeit. Streitigkeiten gibt es ja in den besten Familien, aber am Land ist das dann doch eher eine Seltenheit, dass die Familien nicht zusammenhalten. Aber bis auf den einen Lendner-Sohn war noch kein Nachwuchs der beiden Familien zu sehen gewesen.

Das war wohl der nächste Punkt auf der Tagesordnung, und noch einer stand am Programm. Das Begräbnis der Kroissbäurin, denn das hatte der Kiendl schon ganz vergessen zu erwähnen. Die Prettenthaler hatte ihn ja schon vor einiger Zeit angerufen und ihm berichtet, dass die Kroissbäurin eindeutig durch Selbstmord ums Leben gekommen und die Leiche bereits freigegeben worden war. Also, eine gute Chance, den Rest der Familie zumindest einmal von der Ferne aus zu beobachten. So ein Begräbnis ist ja eine Sozial-Studie, da sieht man schon von einem Kilometer, wer mit wem kann, und wer wen überhaupt nicht ausstehen kann. Wenn man das schon nicht bei der Leichenhalle bemerkt oder am Friedhof, wo die Trauergäste den engsten Verwandten die Hände schütteln, dann aber spätestens beim Essen danach. Da hat es ja schon Schlägereien, Bösartigkeiten und Streitereien gegeben, da könnte man ein eigenes Buch darüber schreiben. Leute, die ihr ganzes Leben auf die

Verstorbenen gepfiffen haben und dann beim Begräbnis laut schluchzend da gestanden sind und Herzprobleme vortäuschten, nur um dem Hauptdarsteller auch noch an seinem letzten Tag die Show zu stehlen. Da muss man jetzt nicht schon in meinem Alter sein und einige Begräbnisse miterlebt haben, da braucht man nur ein bisschen die Leute ansehen, und man erfährt bei so einem Ereignis mehr als durch eine erste Befragung. Ich glaube ja, dass die Leute manchmal auf Begräbnissen deshalb ausflippen, weil sie sich schon zu Hause mit irgendwelchen Substanzen beruhigt haben, und wenn man ein steirisches Begräbnis so verfolgt, dann kann man sicher sein, dass einem Alkohol angeboten wird, und das verträgt sich oft mit den Beruhigungstabletten gar nicht, und so zucken die Leute halt ab und zu etwas aus.

Der Bischof fragte gleich telefonisch beim Pfarrer nach, wann das Begräbnis stattfinden sollte. Der beantwortete die Frage, sagte aber gleichzeitig dazu, dass es auf Grund der Umstände verständlicherweise kein katholisches Begräbnis geben könnte. Der Bischof wollte das eigentlich gar nicht wissen, aber erstaunt war er schon - was hatten wir schnell für ein Jahr im Kalender stehen? 1952? Nein, 2015. Noch im Jahr 2015 blieb also Selbstmördern der kirchliche Segen verwehrt, falls man auf diesen Wert legte.

Früher hatte man die Selbstmörder ja außerhalb des Friedhofs begraben und verkehrt herum in die Grube gelegt. Und im Mittelalter, da waren die Leute noch richtig hart drauf, da schnitten sie den Selbstmördern noch den Kopf ab, um ihn entweder extra zu begraben oder dem Toten zwischen die Beine zu legen. Die hatten Angst, dass so einer zurückkehrt und Unglück über die Lebenden bringen könnte. Gut, dass sich das ein wenig geändert hat. Der Kroissbäurin wird es egal sein. Jedenfalls war das Begräbnis für heute angesagt, als zweites an diesem Tag. Eher ungewöhnlich für so ein kleines Dorf, dass es zwei Begräbnisse gab, aber so ist das nun einmal gewesen.

Der Bischof und der Kiendl fuhren sogar noch extra nach Graz, um sich ihre Anzüge zu holen. Sie hatten gedacht, am Land, da musst dich schön anziehen, auch wenn dich die Hitze dabei fast umbringt. Da ist ein schwarzer Anzug mit Krawatte genau das Richtige.

Die beiden waren aber anscheinend schon länger nicht auf einem Begräbnis gewesen, denn sonst hätten sie gewusst, dass die Kleidungsvorschriften in den letzten Jahren auch hier gelockert worden waren. Da gab es lange Röcke, kurze Röcke, Blue Jeans in langer und kurzer Version, T-Shirts und alles, was man im Alltag so trägt. Einen schwarzen Anzug hatten nur der Kroissbauer und seine beiden Söhne an, und natürlich der Bischof und der Kiendl, die schweißgebadet im Sonnenlicht standen, denn im schattigen Bereich der Leichenhalle waren nur die Verwandten und die älteren Leute, die dort saßen.

Trotzdem war es wichtig, dass sie dabei gewesen sind, denn es gab genug zu sehen. Der Kroissbauer ist neben zwei älteren Damen gesessen, die eine dürfte die Schwiegermutter gewesen sein und die zweite wohl seine Mutter, zumindest war die Ähnlichkeit zwischen ihm und einer der Damen frappierend. Daneben saßen die beiden Söhne, der eine mit und der andere ohne Freundin. Die Pöllibäurin stand in der Nähe vom Bischof, denn als Nachbarin war es klar, dass sie auch kommen musste. Ihre beiden Kinder waren auch da. Vorne sprach so eine Art Ersatzpfarrer, der gleich zu Beginn erwähnte, was ich euch schon davor erzählt habe, kein kirchliches Begräbnis und so weiter. Aber bis auf den Pfarrer und die Beterei war dann alles gleich. Da wurde das Leben noch einmal aufgewärmt von dem da vorne, wenn ich jetzt nur wüsste, wie die korrekte Bezeichnung für so einen heißt… wartet, lasst mich kurz nachsehen… die korrekte Bezeichnung lautet Begräbnisleiter. Wieder etwas gelernt. Jedenfalls war das so ein ganz Großer mit Schnauzbärtchen und einer tiefen Stimme.

„Irmgard Theresia Kroissbauer, geborene Deutsch, wurde am 26.03.1965 in Feldbach geboren und besuchte dort auch die Volks- und später die Hauptschule. Ab 1980 war sie in der Haushaltsschule in Bad Gleichenberg. Sie war eine gute Schülerin und 1988 lernte sie ihren Peter kennen und lieben. 1990 heirateten die beiden hier in unserer Pfarrkirche. 1991 kam der erste Sohn, Peter, zur Welt und 1994 der zweite, Josef. Sie half neben der Kindererziehung im bäuerlichen Betrieb mit. Sie war eine fürsorgende Mutter und eine gute Ehefrau."

Es kam ein beißender Geruch aus der Totenkammer. Am Vormittag hatten sie das Begräbnis etwas verkürzen müssen, weil die eine Leiche da schon in einem sehr schlechten Zustand gewesen ist. Wenn man einmal im Leben eine Leiche gerochen hat, dann vergisst man das nie mehr. Bei den katholischen Begräbnissen geht normalerweise der Leichenzug mit dem Sarg von der Aufbahrungshalle in die Kirche und dann erst geht es weiter zum Friedhof. Die Kirche war jedenfalls am Vormittag ausgefallen, weil sich der Pfarrer geweigert hatte, den Sarg ins Gotteshaus zu lassen, was auf Grund der Geruchsbelästigung verständlich war.

Die Kroissbäurin roch nicht, sie hatte ja auch einen sauberen Abgang gemacht. Und so war die Kirche trotz zweier Veranstaltungen an diesem Tag ungenutzt geblieben. Dem Bischof hat das leidgetan. Erstens wäre es in der Kirche kühler gewesen und zweitens gab es in einer Kirche neben den Leuten auch viele andere Dinge zu sehen. Ihn hatten ja schon als Kind die Malereien an den Decken und Wänden fasziniert. Die Engel, diese geschlechtslosen Menschenkinder, die sah er immer besonders gerne an. Nicht, weil sie ihn beruhigten oder ihm gar gefielen, nein, für ihn war es in der Kirche eher Unterhaltung, weil er sich einfach nicht vorstellen konnte, wie diese fetten kleinen Menschen mit den viel zu klein geratenen Flügeln jemals höher als 50 cm springen konnten, geschweige denn fliegen, das würde ja schon beim Anlauf nicht gutgehen. Er hatte da so seine eigene Theorie, warum die immer so fett gemalt wurden. Weil die Leute glaubten früher ja, dass man, wenn man stirbt, dann wie ein Engel herumdüst und mit einer Harfe auf einem Wolkerl sitzt, und alle haben sich lieb. Als die Kirchen damals mit Bildern der dicken Engeln ausgemalt wurden, da hatten die zu Lebzeiten oft zu wenig zu essen und viele verhungerten auch. Die wohlgenährten Engel sollten den Menschen wohl zeigen: „Schau her, uns geht es gut, es ist warm, wir haben genug zu essen, weil totfressen können wir uns ja nicht mehr."

Der Lange da vorne sprach unermüdlich weiter: „Im Jahre 2000 kam der dritte Sohn August zur Welt und 2005 erlitt die Familie einen schweren Schicksalsschlag. Der kleine August verunglückte tödlich bei einem Unfall." - „Da schau her, was man da alles erfährt.", dachte Bischof und der Kiendl schaute ihn an, als ob er seine Gedanken gehört hätte. Wie viele Leute oft bei so einem Landbegräbnis dabei sind, unglaublich. Auch bei der Kroissbäurin müssen es so an die 150 gewesen sein. Ein würdiger, verzweifelter Abschied sozusagen.

Der Bischof überlegte gerade, wie er halbwegs respektvoll die Familien besuchen könnte. Denn es wäre ja eine große Chance gewesen, dann endlich einmal die Kinder kennen zu lernen. Der Begräbnistag schien ihm nicht geeignet, aber am nächsten Morgen wollte er mit dem Kiendl beide Familien besuchen. Die Buben vom Kroissbauern schienen nicht besonders an ihrem Vater interessiert zu sein. Kein Blickkontakt, weder vor der Feierlichkeit noch während dem Begräbnis, das fiel dem Kiendl jetzt wieder auf.

Es ist immer schön, zu beobachten, wie der Spannungsbogen bei einem Begräbnis abläuft. Zuerst die Begrüßung bei der Totenhalle, dann versteinerte Mienen bei der Verabschiedung, und der Höhepunkt ist dann, wenn man mit dem Sarg zum Friedhof geht und die Leiche der Erde übergeben wird, das geht dann meistens ganz schnell, und dann die Auflösung, wenn der da vorne sich für die große Anteilnahme bedankt und alle noch ins nahegelegene Wirtshaus einlädt. So ist das zumindest in der Steiermark. Dann löst sich die Gesellschaft meistens ein bisschen auf, und die engsten Angehörigen bleiben noch am Friedhof, um die Kondolationen entgegenzunehmen. Das ist meistens schon ein bisschen lockerer, obwohl der Sarg gerade in der Erde angekommen ist. Quasi unbeachtet ein paar Meter weiter beginnt er sich auf die Erde vorzubereiten, die der Totengräber in der Zeit aufschüttet, während die Trauergäste gerade beim Essen sind.

Das ist für mich schon immer etwas eigenartig gewesen, die einen essen und der Hauptdarsteller, in diesem Fall eine Hauptdarstellerin, wird einsam und alleine mit Erde zugeschüttet, und dazwischen kommen noch die Knochen von den Vorbesitzern des Grabes rein. Eigenartige Gedanken kommen da hoch. Ich glaube, ich lasse mich verbrennen, da ist die Dramaturgie bei weitem nicht so gegeben. Nach der Verabschiedung geht es rein in den Leichenwagen und ab zum Krematorium, und ein paar Tage später kommt man in einer Urne zurück. Das nimmt viel von der Dramatik.

Jedenfalls, der Luis hatte heute wieder einen großen Tag. 100 Essen, und getrunken wird bei so einem Begräbnis sowieso als wie, das muss man einmal erlebt haben. Also, der Luis hatte sich gleich mehrere Aushilfen holen müssen, und eine Köchin hat er auch gleich engagiert. Denn so ein Begräbnis macht hungrig, und man sieht den Leuten die Freude auf den Leichenschmaus an, zumindest denen, die Fleisch essen. Der Bischof musste an den Zittel denken, wenn der jetzt hier gewesen wäre, der hätte nicht einmal den Salat essen können, selbst da war Wurst drinnen. Zuerst gab es eine Leberknödelsuppe und als Alternative eine Lungenstrudelsuppe, als Hauptgang konnte man sich dann zwischen Schweinsbraten und Rindsschnitzel entscheiden. Vegetarier oder Veganer hatten bei diesem Begräbnis wirklich Pech, falls welche hier waren.

Der Bischof und der Kiendl hatten sich bei der Einladung vom Begräbnisleiter auch angesprochen gefühlt, bei der Beileidsbekundung an die Familie Kroissbauer waren sie sogar persönlich von ihm gebeten worden, doch noch mit ins Wirtshaus zu kommen. Das ließen sie sich natürlich nicht entgehen, denn bei einem Begräbnis und beim nachfolgenden Essen, da kann man vieles hören, sehen und fürs Leben mit nach Hause nehmen, auch wenn man nur stiller Beobachter ist.

Begräbnisse und Hochzeiten waren für den Bischof immer eine Pflichtübung, obwohl Begräbnisse fand er da fast noch besser, weil da wurde man selten zum Tanzen aufgefordert. Bei den dämlichen Hochzeiten kommt man einfach nicht aus, so sehr kann man sich gar nicht verstecken, man wird gefunden und aufgefordert. Irgendwann erwischt es einen und dann steht man auf der Tanzfläche. Man muss tanzen, obwohl man es gar nicht kann und nicht einmal können will. Wie ein unbeweglicher Roboter stolpert man da zwischen den Leuten herum und passt eigentlich nur auf, dass man niemanden verletzt oder dass es einem nicht schwindelig wird. Da muss man mit Leuten lachen, denen man ein paar Tage davor noch ausgewichen ist, und wenn man sie ein paar Tage nach der Hochzeit wieder sieht, biegt man im Supermarkt auch noch schnell in den Gang mit den Damenbinden ab, um nur ja kein Gespräch aufgezwungen zu bekommen. Meistens beruht das Ausweichen ja auf Gegenseitigkeit, dann ist das nicht so schlimm. Blöder ist es, wenn sich die andere Person freut, dich zu sehen, aber das kommt ja dankenswerterweise sehr selten vor.

Bei einem Begräbnis ist das leichter, da kann man seine versteinerte Miene beibehalten, und das Gegenüber muss es nicht persönlich nehmen. Von dem her waren dem Bischof die Begräbnisse schon lieber, obwohl das Begräbnis hier war sowieso etwas anderes, als wenn jemand aus dem persönlichen Umfeld stirbt. Da bemerkt man ja erst im Gespräch, dass man den anderen nicht riechen kann, im Bekanntenkreis weiß man das ja oft schon das ganze Leben.

„Leeeberknödel!!! Wer kriegt Leeeberknödelsuppe?", schrie die etwas stärkere Dame mit ihren gefühlten - und gefüllten - zehn Tellern auf den Armen in die Trauergemeinde.

„Ich!", kam es ebenso gefühlte zehn Mal zurück, und wenn die Leute essen, wird es meistens ruhig, und die, die noch nichts haben, unterhalten sich angeregt über das Leben des jeweils anderen. Natürlich interessiert es keinen, aber man sitzt sich da gegenüber, und man will nicht unfreundlich erscheinen, und da redet man halt. Der Bischof und der Kiendl hatten es heute etwas leichter. Sie hatten sich zu den Nachbarn und entfernten Verwandten und Bekannten gesetzt, ein super Beobachtungsposten, etwas abseits der Menge, nicht abgeschlossen, aber doch extern und etwas kleiner als der große Saal. Das dürfte sonst die Bühne auf Bällen und Hochzeiten gewesen sein.

Die beiden Söhne schauen dem Kroissbauern aber gar nicht ähnlich, dachte sich der Bischof. Klein, blass und schmächtig, wie Veganer eigentlich ausschauen sollten. Die Kinder sollten eher wie der Zittel aussehen, und der eher wie die beiden Söhne vom Kroissbauern. Das ist ja so ein altes Vorurteil, klein, blass, kränklich, dünn, vegan. Aber ich muss sagen, das stimmt nicht, bei denen gibt es auch alles von groß, dick, dünn, klein und braungebrannt. Bluthochdruck hätte ich jetzt noch nicht erlebt, gescheite aber auch blöde, liebe und eher hantige Leute, da gibt es alles bei den Veganern. Vom Holzfäller bis zum Hochschulprofessor, sogar am Fußballplatz in der Fan-Kurve gibt es sie.

„Wie der Postler wohl aussehen mag?", dachte sich der Bischof und musste über seinen eigenen Gedanken leise schmunzeln. Ein alter Witz, weil in der Steiermark sagt man ja, dass Postler, also Postboten, oft Vater wurden bei ihrer Arbeit. Vor nicht langer Zeit wurden sie, zumindest am Land, bewirtet und bei jedem zweiten Haus gab es einen kleinen Schnaps oder zumindest etwas zu trinken. Da kam man sich halt schon etwas näher und manchmal passierte es, dass nach neun Monaten nicht ein kleiner Bauer das Licht der Welt erblickte, sondern ein kleiner Postler. Heute gibt es das ja nicht mehr, weil die heutigen Postboten haben ja Stress und Druck, da kann man nicht mehr so einfach für ein Stündchen im Schlafzimmer einer netten Bäuerin verschwinden. Vielleicht deshalb auch der Geburtenrückgang in unserer Gesellschaft, wer weiß das schon. Jedenfalls waren früher einmal öfter die ersten Worte des Sprösslings nicht Mama oder Papa, sondern „Tatütataaaaa, die Post ist da." Wenn man da als Vater nicht stutzig wird!

Als endlich alle ihre Suppen zu schlürfen schienen, kamen schon die Schweinsbraten und die Rindsschnitzerln an. Voller Teller hin, leerer Teller weg und weiter geht`s mit dem Tiergemetzel.

„Zwei Wochen muss ein Reh schon abhängen, sonst schmeckt es nach nichts.", gab einer von den Männern zum Besten, und der Kiendl dachte an den Pöllibauern, der ja auch ein paar Stunden mit dem Kopf nach unten abgehangen hatte. Ein Schwergewicht unter denen sagte das, und einen roten Kopf hatte der, wie ein Ballon. Man könnte fast in Versuchung kommen, ihn mit einer Nadel zu stechen, um zu sehen, ob der Kopf danach explodieren würde. Nicht wegen dem, was er redete, nein, dieser kugelrunde, aufgeblasene Kopf - der Bischof musste aufpassen, dass er ihn nicht dauernd anstarrte.

Jedenfalls wollte der Bischof jetzt nicht weiter zuhören, was da noch kommen sollte. Ihn interessierten heute vor allem die Kinder der Kroissbauern und die der Pöllibauern. Da waren sie ja alle, und die großen Stimmungskanonen dürften sie allesamt nicht sein. Dass jetzt jemand nicht das Kasperl spielt, wenn er gerade seine Mutter verloren hatte, das war schon klar. Aber das dauernde Schweigen dieser erwachsenen Kinder der Kroissbauern, das war schon etwas eigenartig. Die wirkten alle wie gestorben, und der Kiendl hatte ja schon einmal einen blöden Witz gerissen, als er gemeint hatte, die könnten bei der Adams-Family mitspielen. Die Eltern waren ja typische Leute vom Land, aber die Kinder waren alles andere als typisch.

„Die nehmen wir bald einmal in die Zange." sagte der Bischof zum Kiendl leise, und der wusste sofort, wer gemeint war.

„Ich wollte schon dasselbe sagen, gute Idee, am besten, bevor sie uns wieder nach Graz abhauen." Da kam plötzlich unerwarteter Besuch, der Dorfpfarrer war da, und er ging direkt zum Kroissbauern. Trost spenden, die Familie konnte ja schließlich nichts dafür, für diese schwere Sünde des Selbstmordes, und in Zeiten wie diesen, wo die Kirchen immer leerer werden, da muss man seine Schäfchen schon betreuen. Heutzutage kann man mit dem Teufel niemandem mehr Angst einjagen, die Zeiten sind vorbei, da müssen die Pfarrer ihre netten Seiten zeigen. Jetzt nicht so nett, wie ihr vielleicht aus der Zeitung kennt, das mit den Ministranten und so, nein, ich meine, dass sie irgendwann weltoffener werden müssen.

Der Bischof konnte sich ja noch gut an die nicht so netten Pfarrer im Religionsunterricht erinnern. Die ärgsten Schläger des Dorfes waren der Pfarrer und der Mesner gewesen Der Mesner war dazu noch sein Klassenvorstand, und der hatte den kleinen Bischof gehasst. Nicht, weil er einen siebenjährigen Buben gehasst hat, sondern weil er mit dem Vater vom Bischof einen Gerichtsstreit gehabt hat, wegen einem Fischteich. Bischofs Vater hatte nämlich einen Teich angelegt, und direkt daneben hatte der Lehrer und Mesner sein Haus gehabt und hatte sich gestört gefühlt von dem Teich, wegen den Gelsen im Sommer und wegen der Lärmbelästigung, wenn sie dort in der warmen Jahreszeit am Abend grillten. Der kleine Bischof musste das halt dann in der Schule ausbaden. Einmal hatte ihn der Lehrer in der Schule eingesperrt und war dann nach Hause gegangen. Blöderweise hatte er den Buben vergessen. Der kleine Bischof war so verzweifelt, dass er in der Schule auf und ab gelaufen war, keine Chance, da kommst du als Siebenjähriger nicht raus. Am späten Nachmittag hatte der Lehrer ihn dann doch raus gelassen, und das war auch ein bisschen ein Gesprächsstoff im Dorf gewesen.

Jedenfalls, so einmal in der Woche hatte der Bischof vom Mesner seine Prügel bekommen und manchmal auch vom Pfarrer. Der hatte zwar nicht so oft zugeschlagen, aber wenn, dann richtig, da war der Don Camillo ein Waisenknabe dagegen. Es war damals am Land ja nicht so, dass du dann als kleiner Knirps nach Hause gegangen bist und erzählt hast, wie böse der Lehrer oder der Pfarrer zu dir waren, nein, diese Erlebnisse hat man besser für sich behalten, denn die Eltern waren sicher nicht auf der Seite der Kinder. Irgendetwas wird er schon angestellt haben, haben sich die Eltern von damals gedacht. Jedenfalls Jahre später ist der Lehrer dann zwangspenioniert worden, weil er auf seine alten Tage nicht mehr nur Kinder geschlagen hatte, sondern er hatte auch noch eine Kollegin tätlich angegriffen. Das hat der Bischof von einem alten Bekannten aus der Südsteiermark erfahren, weil der Bischof ja ein gebürtiger Südsteirer ist.

Vor Jahren war der Bischof wieder einmal bei einem Begräbnis dort unten, und da hat er den alten Pfarrer gesehen, obwohl schon in Pension, und den Schläger-Mesner da vorne stehen, wie sie die Messe für den Toten hielten. Da wusste er, dass es richtig und wichtig war, schon in jungen Jahren aus der Kirche auszutreten. Es gefiel ihm aber nach so vielen Jahren, zu sehen, wie die beiden da vorne gealtert waren und noch frustrierter aussahen. Ihre Macht musste in den Jahrzehnten geschrumpft sein, und viele Freunde dürften die beiden auch nicht gehabt haben.

Der Pfarrer, der sich gerade vom Kroissbauer verabschiedete, war aber schon einer von der neuen Generation. Jung, dynamisch und liebenswert sind die Pfarrer von heute. Aber der Bischof war nicht mehr zu bekehren, das stand schon lange fest.

„Lass uns morgen nicht vergessen nachzufragen, was das damals für ein Unfall war mit dem kleinen Kroissbauern, das würde mich schon sehr interessieren.", sagte der Kiendl zum Bischof. Aber obwohl man dachte, man hätte keine Zuhörer, mischte sich eine ältere Dame ein und begann unaufgefordert, die Geschichte vom kleinen August Kroissbauer zu erzählen.

„Sie sind ja von der Kripo, gell?", meinte die zierliche, grauhaarige Dame, die wohl schon Mitte 80 sein musste.

„Ja, das sind wir, mit wem haben wir die Ehre, gnädige Frau?", packte der Bischof seine charmante Seite aus.

„Ich bin die Hofstätter, ich wohne gleich da drüben neben dem Gasthaus, wissen sie, so Begräbnisse sind für mich in dem Alter die einzige Gelegenheit, dass ich einmal unter die Leute komme. Seit mein Mann gestorben ist, ist halt alles ein bisschen stiller geworden", erzählte sie.

„Wissen sie, der kleine Gustl, das war damals schon tragisch, ein schlimmer Unfall, eine Katastrophe für die Familie."

Der Bischof etwas ungeduldig: „Was ist denn damals passiert?"

„Der Kleine hat mit seinem Kinderfahrrad gespielt, und der Kroissbauer hat ihn mit dem Traktor übersehen. Der Bub war sofort tot. Die Kroissbauern haben das nie überwunden. Sie ist ja lange in Behandlung gewesen, damals hätte sich niemand gewundert, wenn sie sich etwas angetan hätte."

„Und heute? Hat sich heute wer gewundert?", fragte der Bischof nach.

Hofstätter: „Ja, eigenartig, jetzt hat die arme Frau so viel durchgemacht, und man hat gedacht, jetzt hat sie den Verlust endlich überwunden, und dann hängt sie sich auf. Da haben sich die Leute schon gefragt, was da passiert ist."

Bischof: „Und was denken sie?"

Die alte Frau beugte sich ganz nahe zum Bischof herüber, so nahe, dass sie fast schon sein Gesicht berührte, und der Bischof kurz dachte, er höre das Klappern ihrer dritten Zähne - so nah war sie schon - und sie flüsterte: „Also, wenn sie mich fragen, da ist etwas ganz und gar nicht in Ordnung bei der Geschichte, bei der ganzen Familie, ich sage ihnen, da gibt es ein großes, dunkles Geheimnis, und ich meine damit nicht die Kroissbauern alleine."

Bischof: „Haben sie einen Verdacht?"

Hofstätter: „Nichts Konkretes kann ich ihnen sagen, aber da gibt es etwas, wenn das ans Tageslicht kommt, da sind die Zeitungen voll, das sag ich ihnen!"

Bischof: „Hatten die Nachbarn Streit?" Er versuchte etwas Abstand von der Dame zu gewinnen und sah ihr auf den Mund. Er kannte das von seiner Oma, wenn die Dritten nicht mehr richtig klebten, dann klapperten sie im Mund so ein bisschen hin und her. Sein Verdacht bestätigte sich.

Hofstätter: „Aber wo, die waren doch ziemlich dick miteinander befreundet, die haben ja sogar einen Ring für ihre Schweineställe gemeinsam aufgezogen, und sie wollten noch ein paar Bauern mit ins Boot nehmen und ein eigenes Gütesiegel machen. Die haben sogar gegenseitig auf ihre Kinder aufgepasst und sind mit ihnen verreist, und die einen haben dann den jeweils anderen Hof mitgemacht.

Ganz untypisch, dass Bauern auf Urlaub fahren im Sommer, aber es sei ihnen vergönnt."

Der Bischof stellte immer nur kurze Fragen, wenn sich schon ein freiwilliger Zeuge meldete, denn wenn jemand etwas weiß, dann lass ihn reden, eine alte Weisheit, und der Bischof wollte noch vieles wissen und wiederholte seine Frage: „Haben sie einen konkreten Verdacht?"

Hofstätter: „Was die Leute halt so reden, man weiß ja nicht, was man davon halten soll, der Pöllibauer war ja ein wichtiger Mann im Ort, aber das wissen sie ja schon, und über Tote soll man nicht schlecht reden."

Bischof: „Sie müssen ja nichts Schlechtes über ihn sagen, aber die Wahrheit vielleicht?".

Hofstätter: „Nein, nein, nein, nur Gerüchte, wenn man nichts Genaues weiß, soll man den Mund halten, und ich habe eh schon viel zu viel geredet. Ich bin jetzt dahin, so ein Begräbnis ist in meinem Alter schon anstrengend. Grüß sie Gott."

Sie stand auf und weg war sie, und der Bischof und der Kiendl sahen einander fragend an. Das Begräbnis hatte sich für die beiden trotzdem ausgezahlt. Dass sie den Mörder hier finden würden, mit dem hatten sie ja nicht gerechnet, aber dass da das eine oder andere einfach ausgeredet werden würde, die Hoffnung hatten die beiden schon gehabt. Auch wenn es nichts Handfestes war. Der Bischof dachte noch ein wenig über die alte Dame nach - eine typische „Tratschn". Auf das Begräbnis-Essen gehen und schlecht über die Familie reden, die das bezahlt hatte, eine Landeigenschaft, die einer der

Hauptgründe war, warum der Bischof schon als ganz Junger in die Stadt gezogen war.

Weil, wenn man am Land die Menschen mit Grashalmen verglich, und so ein Grashalm stand nur einen Fingerbreit über den anderen, da konnte man sicher sein, dass da „drübergemäht" wurde, oder wie die Leute so schön sagen, „Da wird jetzt drübergefahren". Alles, was ein wenig außerhalb der Norm ist, wird vernichtet oder vertrieben. Nicht mehr so wie früher mit den Mistgabeln, vor der Kirche oder bei den Wirtshausschlägereien, nein, heute macht man das subtiler, mit Rufmord und mit Tratsch. Damals gingen dann die ledigen Mütter und die Ausgeschlossenen ins Wasser, kaum jemand schaffte es raus aus dem Dorf. Heute treibt man die Außenseiter rein in die Städte, damit sie dort von der Anonymität verschluckt werden.

8

Ein neuer Tag, neues Glück, dachten sich unsere beiden Beamten, als sie am frühen Morgen beim Pöllibauer Hof ankamen und sich freuten, dass die ganze verbleibende Familie gerade beim Frühstückstisch saß. Der beste Zeitpunkt also für Befragungen, und heute würden sich die beiden sicherlich nicht von der Lendner abwimmeln lassen. Die Kinder hatten ja bisher keine Rolle in dem ganzen Fall gespielt, deshalb wurde es Zeit, auch diese zu befragen.

„Guten Morgen, entschuldigen sie die frühe Störung. Dürften wir sie kurz einzeln sprechen?"
Wer jetzt einen Gruß erwartet hatte, wurde enttäuscht. Wortlos saß die Familie da, bis sich die Lendner-Mutter zu Wort meldete:

„Was gibt es denn jetzt schon wieder? Ich glaube, das letzte Mal war schon frech genug und jetzt stehen sie schon wieder bei uns in der Küche! Haben sie einen Durchsuchungsbefehl? Wenn nicht, dann raus und runter von unserem Grundstück! Verschwinden sie!".

Bischof ließ sich nicht aus der Ruhe bringen: „Frau Lendner, uns kommt es langsam so vor, dass sie an der Aufklärung der Morde nicht interessiert sind. Behinderung bei polizeilichen Arbeiten ist eine strafbare Handlung. Ich hoffe, das ist ihnen klar. Aber wir akzeptieren das und bestellen sie alle einzeln auf den Orts-Polizeiposten. Dann dürfen sie und sie extra aus Graz anreisen! Ist ihnen das lieber?", und dabei deutete Bischof auf die beiden Pöllibauer-Kinder.

Die Lendner aber zeigte nur auf die Türe, das war eindeutig. Bischof und Kiendl gingen und stiegen ins Auto. Der Bischof aber wollte noch zwei Minuten warten, vielleicht würden die Kinder doch nicht schon in ein paar Tagen wieder in die Oststeiermark fahren wollen, um dann Stunden auf einem Polizeiposten zu verbringen.

Am Morgen war die Hitze noch so halbwegs erträglich, solange man nicht in der Sonne sein musste. Gleich hinter dem Haus hatten die Pöllibauers eine Weinlaube, und aus dieser sah man in eine andere Welt. Nichts von dem Tierleid war da zu bemerken, ein paar Meter entfernt vom Stall schien die Welt wieder in Ordnung zu sein. Nicht einmal der Geruch störte hier und der Ausblick war wie aus einem Fremdenverkehrsprospekt.

Bischof sollte Recht behalten. Gerade als er den Motor startete, ging die Türe vom Haus auf, und die Christine Lendner deutete den beiden, dass sie warten sollten. Die hübsche junge Frau war der Mutter wie aus dem Gesicht geschnitten. Lange blonde Haare und eine Figur, da denkt man sich sofort – Top-Model.

„Was hätten sie gerne gewusst von mir?", fragte sie durchs geöffnete Autofenster.

Es gibt Menschen, da kann man nicht anders, man ist einfach fasziniert. Wenn die erscheinen, dann schaut man hin. Das hat, glaube ich, nicht nur mit Schönheit zu tun, da strahlt etwas von innen her, da kann man

nicht wegschauen, auch wenn man möchte. Ich weiß nicht, ob es ungerecht ist, denn natürlich können solche Leute selten unbeobachtet in der Öffentlichkeit sein. Man fragt sich automatisch, wer ist das, was kann die? Man interessiert sich für sie, und am liebsten würde man hingehen und sie ansprechen. Solche Leute gibt es, und ich kann jetzt nur von Frauen sprechen, weil ich als Mann sehe das halt so. Jedenfalls, diese Dame, die gerade beim Autofenster rein sah, war einer dieser seltenen Menschen, auf die man hinstarren musste.
Der Bischof und der Kiendl aber waren natürlich Profis, und der Bischof sagte gleich, worum es ging:
„Wir hätten einige Fragen an sie, und ich sage ihnen nochmal, dass wir auch ihren Bruder sprechen müssen. Er soll gleich im Anschluss an unser Gespräch herkommen. Können sie das arrangieren?" -
„Ja, ich werde ihn fragen, aber das wird schon klar gehen, warten sie bitte ein paar Minuten!"
Als sie zurückkam, zeigte sie mit dem Daumen nach oben. Sie hatte Getränke mitgebracht, ging mit dem Tablett vor in Richtung Laube und schenkte gleich ein.
Ihre graziöse Art musste wohl die meisten Männer faszinieren. Man konnte es kaum glauben, dass sie hier am Hof aufgewachsen war, denn wie sie aussah schien sie einfach nicht hier herzugehören. Das weiße Sommerkleid und ihre blonden Haare, die langen Beine und ihr wunderschönes Gesicht, das nette Lächeln - wie konnte so eine Blume an einem solchen Ort gedeihen? Wenn man die Mutter sah, ok,

dann wusste man es, sie war ja ebenfalls wunderschön, doch die Tochter war wirklich eine Ausnahmeerscheinung.

Bevor ich jetzt zu sabbern beginne, erzähle ich euch lieber, was der Bischof und der Kiendl alles wissen wollten.

„Frau Lendner, sie waren damals, als das mit ihrem Vater geschah, mit ihrem Bruder in Graz, das habe ich zumindest so im Protokoll stehen. Stimmt das?"

Christine: „Ja, das war so, es war irgendwann in der Früh, als das Telefon läutete, und unsere Mutter dran war und uns von dem Unglück erzählt hat. Mein Bruder und ich haben ja von unseren Eltern eine Wohnung in Graz bekommen. Groß genug, dass man sich aus dem Weg gehen kann und dazu auch noch in Graz. Wegen dem Studium ist das halt sehr bequem und besser als eine Wohngemeinschaft."

Bischof: „Wie war ihr Verhältnis zu ihrem Vater? Ich meine, hatten sie und Ihr Bruder ein gutes Verhältnis zu ihm und auch zu ihrer Mutter?"

Christine: „Ja, ich habe meinen Vater geliebt, wie man seinen Vater halt so liebt, ganz normal würde ich sagen. Ich denke, bei meinem Bruder was das auch so."

Bischof: „Gab es nie Streitereien, ich meine, Streitereien, die über das Gewöhnliche hinausgehen?"
Christine: „Ich glaube, wir hatten nicht einmal normale Streitereien. In der Pubertät halt die üblichen Mätzchen, aber das ist doch nichts

Außergewöhnliches, oder?"

Bischof: „Nein, natürlich nicht. Und wie ist das Verhältnis zu ihren Nachbarn, den Kroissbauern?"

Christine: „Sie wissen ja, dass mein Vater mit dem Kroissbauern geschäftlich sehr eng verbunden war, und früher waren wir mit der Mutter und den Söhnen auch gemeinsam auf Urlaub. Das hat es unter den Bauernkindern eigentlich nicht gegeben, dass man im Sommer einfach weggefahren ist. Aber bei uns war das so. Es war eine schöne Zeit, und wir waren wohl so etwas wie Freunde."

Der Kiendl notierte alles im Notebook und war eigentlich nur mit seiner Schreiberei beschäftigt. Er ließ sowieso lieber den Bischof reden. Außerdem konnte er schneller tippen, so hatte man, wenn es halt möglich war, bei Befragungen immer gleich alles in den Rechner eingetippt und schon ein fertiges Protokoll. Aber jetzt musste er zwischendurch doch eine Frage stellen.

„Sind sie mit den Kroissbauer-Söhnen befreundet?".

Die Christine lächelte: „Das waren wir - bis ich so zirka 16 war. Leider haben sich die beiden dann etwas mehr erwartet von mir, aber das konnte ich ihnen nicht geben. Die waren sogar eine Zeit lang zerstritten, Eifersüchteleien halt, ja, und dann waren wir allesamt auf verschiedenen Schulen, da hat sich das dann auseinandergelebt. Ich glaube nicht, dass man das noch als Freundschaft bezeichnen kann, was wir heute haben, da bin ich zu weit weg. Man grüßt sich, und wenn man sich halt sieht, so ein- oder zweimal im Jahr, dann fragt man, wie es den anderen geht, mehr ist da nicht geblieben."

Bischof: „Ich weiß, das wurden sie schon im letzten Jahr gefragt, aber haben sie heute einen Verdacht, warum das passiert ist?"

Christine: „Nein, das Ganze ist mir ein absolutes Rätsel. Mein Vater war ein guter Mann, auch wenn er jetzt nicht überall beliebt war. Zu uns war er immer gut.".

Bischof: „Haben sie vielleicht eines der anderen Opfer gekannt, oder sonst jemand aus ihrer Familie?".

Christine: „Nein, für mich kann ich das ausschließen."

Bischof: „Und für ihre Familie?"

Christine: „Mir wären weder die Namen noch die Personen jemals untergekommen."

Bischof: „Haben sie nie etwas konstruiert, und sei es noch so weit herbeigeholt, warum das Ganze passiert sein könnte?"

Christine: „Ja, sicherlich. Wenn ich versuche einzuschlafen, dann kommen mir natürlich die irrsten Vorstellungen. Ehemalige Bekannte oder Freunde meines Vaters tauchen da auf, aber das sind nur so Spinnereien."

Bischof: „War irgendwann, und sei es in ihrer Kindheit gewesen, einmal jemand bei ihnen am Hof, den sie nicht kannten und der ihnen unheimlich vorgekommen ist?"

Christine: „Ja, aber da war ich noch ein kleines Mädchen, vielleicht sieben Jahre alt oder so. Ja, ich glaube, ich war schon in der Schule. Jedenfalls waren da einmal zwei Männer bei uns. Mein Vater hat uns damals mit unserer Mutter weggeschickt. Die waren schon eigenartig und passten überhaupt nicht in unsere Gegend, ich habe die weder davor noch danach jemals wieder gesehen. Ich weiß nur, dass mein Vater damals ziemlich fertig war, tagelang."

Bischof: „Glauben sie, dass er mit ihrer Mutter darüber gesprochen hat?"

Christine: „Das weiß ich nicht, ich habe sie einmal gefragt, was da los war, ich habe aber nie eine Antwort darauf bekommen."

Bischof: „Was studieren sie eigentlich?"

Christine: „Biologie, ich möchte einmal Biologin werden und die ganze Welt bereisen. Das wollte ich schon immer."

Der Kiendl sah den Bischof an, und beide waren sich einig, dass man nun den Bruder befragen sollte. Sie bedankten sich, und Christine holte ihren Bruder, um selber im Haus zu verschwinden. Zehn Minuten später war sie mit einem Rucksack wieder da und verabschiedete sich, sie müsse nun zurück nach Graz, sagte sie.

Der Bruder, der war ja zwei Jahre älter als die Christine und vom Typ her ganz anders als sie. Unterschiedlicher konnten Geschwister kaum sein. Etwas dicklich wirkte er, eine Brille im Gesicht, und man hatte den Eindruck, dass er eher der gemütliche Teil der Familie war. Ein ruhiger junger Mann, von dem die Eltern wahrscheinlich erwarteten, dass er eines Tages hier den Hof übernehmen würde. Nicht so der typische Student von heute. Ich erspare euch jetzt die Details, denn was die Christine schon berichtet hatte, dem konnte der Gernot Lendner nichts mehr hinzufügen. Fast identisch waren ihre Aussagen, mit dem einzigen Unterschied, dass er einmal Arzt werden wollte.

Endlich, es schaute aus, als ob der Regen kommen würde, und diesmal nicht nur so ein Schütter, sondern Regen über Tage. Nicht, dass der Bischof eine Sonnenallergie oder so etwas gehabt hätte. Aber bis auf das Unwetter vor ein paar Tagen war es die ganze Zeit über immer nur erbärmlich heiß gewesen. Der Wettermann im Radio hatte die ganze Zeit so euphorisch von der Hitze geredet, ich glaube, dass der einen Sponsorenvertrag mit einem Eislieferanten gehabt hat. Auch den Vollmond in dieser Nacht hat er angekündigt. Der Bischof hatte ja so seine Probleme mit dem Vollmond, Schlaflosigkeit und so. Er tat sich sowieso schon schwer einzuschlafen, wenn er auswärts einquartiert war, und dann auch noch Vollmond.

Aber der Bischof hatte sich jetzt im Laufe seines 55jährigen Lebens daran gewöhnt, und er versuchte immer, das Problem mit einem kleinen Bier zu lösen. Das hatte er einmal von einem Fußballer gehört. Wenn die am nächsten Tag ein wichtiges Spiel hatten, vielleicht auch noch auswärts, dann wurden die Einschlafprobleme mit einem Seidl Bier gelöst. Aber nur ein Seidl, alles darüber würde den Schlaf schon wieder stören. Das sollte aber nur bei Menschen helfen, die sonst nichts tranken. Also einem Schweralkoholiker, der am Abend ein Seidl Bier trinkt, dem hilft das auch nicht weiter, und der wird wahrscheinlich um spätestens 10 Uhr abends zum nächsten Wirt gehen, um sich mindestens noch einen weiteren Schlaftrunk zu genehmigen.

Der Bischof trank ja nur selten etwas, schon berufsbedingt. Da kannst du es dir nicht leisten, durch die Straßen zu torkeln oder auch nur ein wenig das Sprachzentrum zu beeinträchtigen. Da ist Graz wieder nicht groß genug, auch wenn es die zweitgrößte Stadt in Österreich ist. Das erste Mal über 300.000 Einwohner, war im letzten Jahr die große Schlagzeile, aber natürlich mit den 40.000 Studenten, die immer nur für ein paar Jahre bleiben, um dann wieder zu verschwinden. Trotzdem ist Graz eine der schnellst wachsenden Städte des Landes. Aber nicht schnell genug, um dort anonym zu bleiben.

Das hat ja erst ein Promi-Häftling erfahren müssen, der, was weiß ich wie viel Geld dem Finanzamt unterschlagen hatte, und statt Gefängnis hatte der eine Fußfessel mit Hausarrest bekommen. Hausarrest ist natürlich besser als Gefängnis, und man darf dabei sogar um Ausgang vom Hausarrest ansuchen, um einmal in den Supermarkt zu gehen oder um Behördenwege zu machen. Aber der Promi hat das immer ein bisschen falsch verstanden mit dem Ausgang. Der ist dann bei einer Opern-Premiere gesehen worden, und da muss man einfach sagen, da ist Graz nicht groß genug. Am nächsten Morgen haben die Telefone in der Justizanstalt nicht aufgehört zu läuten. Die Leute haben sich fürchterlich beschwert. Wie kommen sie nur dazu, neben einem verurteilten Gauner in der Oper zu sitzen, hat es da geheißen. Dann ist der prominente

Fußfesselträger noch einmal mit einer Verwarnung davongekommen und hat wieder um Ausgang vom Hausarrest angesucht, der ihm doch tatsächlich wieder erlaubt worden ist. Nur ist er diesmal nach Wien gefahren, Wien hatte er gedacht, ist größer und anonymer. Aber da hat er sich ebenfalls getäuscht, denn auch in Wien leben Grazer, und die haben ihn natürlich in einem Luxus-Hotel beim Essen gesehen, und am nächsten Tag war schon wieder der Sturm der Entrüstung in der Justizanstalt. Seither sitzt der Promi wieder im Gefängnis, weil Fußfessel soll ja kein Urlaub sein.

Also, ihr seht, für das war Graz wieder groß genug, und irgendwie sind die Grazer überall.

Aber nun zurück zum Bischof, den kannte man natürlich auch aus der Zeitung, zwar nicht so gut wie den Promi, aber gut genug, dass man hinter seinem Rücken dann schlecht über ihn reden könnte, und außerdem schmeckte dem Bischof der Alkohol sowieso nicht. Der Kiendl hätte es da ja leichter, vom Bekanntheitsgrad her, aber dem ging es nicht anders. Alkohol war ja eigentlich nicht so seines, nicht, dass du glaubst, überhaupt kein Alkohol, so ein Bierchen am Abend, super, aber mehr eben nicht. Übrigens, der Promi war einmal der Chef von dem Fußballer, den ich da vorhin kurz erwähnt habe, aber das ist schon lange her. Jedenfalls hat sich der Bischof an diesem Abend ein Seidl gegönnt, und er ist dann recht zeitig ins Bett gegangen. Das Seidl Bier hat schnell seine Wirkung getan, und der Bischof ist in ein paar Minuten eingeschlafen.

Es machte einen gewaltigen „Tuscher" um

02:45 Uhr, und der Bischof war munter und dachte schon, da gibt es einen weiteren Mord, aber er war sich auch nicht sicher, ob er das vielleicht nur geträumt hatte. 02:47, der nächste und um 02:50 der letzte. Jetzt hatte der Bischof endgültig ausgeschlafen, ging zum offenen Fenster und schaute in die Vollmondnacht. Es war nichts zu sehen, und Kiendl schaute aus dem Nebenfenster heraus. „Jäger!", schimpfte er, und obwohl der Kiendl ein richtiger Grazer Stadtmensch war, hatte er das sofort gewusst. Der Bischof war richtig böse. Normalerweise schießen die Jäger ja nur, wenn es dämmert, also am Morgen oder am Abend. Aber bei Vollmond, da ist die Fuchsjagd sehr beliebt. Zu jeder Jahreszeit, denn der Fuchs, der hat keine Schonzeit. Den darf überhaupt ein jeder töten.

Die Unterbrechung der Nachtruhe war für den Bischof das Ende der Nacht, denn das Seidl Bier hatte natürlich keine Wirkung mehr, und so wartete der Bischof eigentlich nur darauf, dass es endlich Morgen wurde. Ihr kennt das vielleicht, wenn ihr im Bett liegt und das Hirn wird statt langsamer immer schneller. Der einzige klare Gedanke dazwischen ist der, dass man einschlafen muss, aber das ruft die anderen Gedanken nur auf, noch gewaltiger, noch unsortierter durchs Hirn zu trampeln. Wie eine Blaskapelle, die da ständig durch den Kopf marschiert, von einem Ohr zum anderen, vom Großhirn bis kurz vor die Augen und retour. Da hilft das Schäfchen zählen auch nichts, wenn die so einen Lärm veranstalten, und je mehr man sich auf das Einschlafen konzentriert, desto lauter spielt die

Kapelle auf, und immer wieder das gleiche Stück. Da ist es dann besser, man schaltet das Licht ein und liest ein bisschen, nur ist das im steirischen Sommer auch nicht vorteilhaft, wenn man das Fenster geöffnet hat, weil dann kommen einem neben der Blaskapelle noch tausend Fans durchs Fenster geschlüpft, die sich als Gelsen entpuppen, und dann versucht einmal einzuschlafen. Und in einer Sommernacht bei geschlossenem Fenster zu schlafen oder zu lesen, das ist so, als würde man in einer Sauna liegen.

Endlich konnte Bischof runter in den Gastraum gehen. Er hatte nur darauf gewartet, die ersten Geräusche aus der Küche zu hören. Der Luis war schon voll beschäftigt mit dem Frühstück für die beiden, und nebenbei kochte er schon für Mittag vor.

„Guten Morgen!", murmelte der Bischof noch etwas müde.

„Guten Morgen!", erwiderte der Luis erstaunt, „schon munter um diese Zeit?"

„Vollmond und ein Jäger, der vor der Haustüre herumschießt", meinte der Bischof etwas grantig.

„Ah, das höre ich gar nicht mehr und wenn, dann schlafe ich drei Minuten später wieder. Da hat wohl einer Füchse gejagt. Da drüben steht ja gleich der erste Hochsitz.", lachte der Luis.

„Und das stört niemanden im Dorf, wenn da mitten in der Nacht herumgeschossen wird?", meinte der Bischof.

„Ach wo, die meisten im Dorf sind Jäger und die, die keine sind, haben einen Vater, Opa oder Onkel, der Jäger ist, da beschwert sich keiner bei uns.", sagte der Luis mit einer morgendlichen Fröhlichkeit, die den Bischof aber auch nicht besser gelaunt machte.

„Ich glaube, jetzt gibt es einmal einen starken Kaffee für sie, damit sie munter werden.", sagte der Luis, und der Bischof nickte nur und suchte die Zeitungen des Tages. „Jäger erschießt jungen Soldaten!", stand da als Schlagzeile. „Na super! Schön, dass bei euch noch alles so harmonisch abläuft.", meinte der Bischof sarkastisch auf die Zeitung deutend. Da hat doch tatsächlich ein burgenländischer Jäger einen jungen Soldaten mit einem Wildschwein verwechselt und erschossen. Solche Unfälle passieren eigentlich alle paar Monate einmal in Österreich, das Problem ist nur, dass es keine gesetzlichen Konsequenzen gibt, denn viele Politiker sind ja oft selber Jäger, und da achten die schon drauf, dass sich da ja nichts ändert, zumindest nicht zum Nachteil der Jäger.

Der Bischof war noch immer grantig, weil er nicht ausgeschlafen war. Am liebsten wäre er den Schüssen nachgegangen und hätte dem Jäger die Meinung gesagt. Dem Kiendl dürfte es nicht besser gegangen sein, zumindest schaute er verschlafen und zerdrückt drein.

„Heute sollten wir die Kroissbauern-Buben einmal befragen, ich glaube, das könnte ganz interessant werden, was die so zu erzählen haben", meinte der Bischof zum Kiendl, der auch schon seinen Kaffee schlürfte.

„Schau' ma mal", antwortete der Kiendl wenig beeindruckt.

Den Weg zum Kroissbauern raus konnten sich die beiden allerdings sparen, denn kurze Zeit später läutete Bischofs Telefon, und der Postenkommandant vom Ort war dran und erzählte, der jüngere der beiden Kroissbauern würde bei ihm am Posten sitzen. Er sei von einem Jäger erwischt worden, wie er sich gerade am Auto vom Bischof zu schaffen gemacht hätte. Der Jäger hatte ihn natürlich gleich erkannt und den Vorfall am Morgen angezeigt. Der Kroissbauer Josef saß also am Posten, als Bischof und Kiendl ankamen und sich den Burschen ansahen. Der Bischof blieb aber ganz cool: „Na, da sparen wir uns ja gleich den Weg zu euch raus, wenn sie schon fast zu uns kommen. Was ist ihnen da eingefallen?".

    Der Josef aber sagte einmal gar nichts. Er saß dort bei dem Tisch, wo ihn die Polizisten hingesetzt hatten, den Kopf in die Hände gestützt, und er weinte. Der Bischof hatte fast Mitleid mit dem Burschen, aber bei einer so vorsätzlichen Straftat, da kennt der Gesetzgeber kein Pardon.

9

Dauerregen in der Oststeiermark, das ist fast noch trostloser, als wenn hier die Sonne erbarmungslos scheint. Aber Anfang September darf es schon einmal regnen, und die Temperaturen waren endlich angenehm. Zumindest für die Leute, die arbeiten mussten, war es eine große Erleichterung. Der Bischof und der Kiendl hatten beschlossen noch länger beim Dorfwirt zu bleiben. Es war einfacher, vor Ort zu recherchieren, und Berichte abzuliefern, das ging heutzutage mit dem Internet ja sowieso ruckzuck.

Der Kroissbauer Sohn Josef war nach seiner Untersuchungshaft zurückgekehrt. Er hatte mit den Mordfällen nichts zu tun gehabt. Die Erklärung für die Tat war einfach die psychische Ausnahmesituation des jungen Mannes gewesen. Alles war bei ihm gerade schief gelaufen. Freundin weg, auf der Uni war kein Weiterkommen, und dann noch der Selbstmord seiner Mutter, das wirft den stabilsten jungen Menschen aus der Bahn.

Obwohl, der erste Anschlag auf das Auto vom Bischof war ja in der Nacht des Selbstmordes passiert. Nur, ich kannte junge Männer, die sich alleine schon wegen einem Mädchen aufgehängt haben, da sind sie mit 19 oder 20 im Heustadl gegangen, und heute würden sie wahrscheinlich nicht einmal mehr den Namen der Frau kennen, für die sie sich damals umgebracht haben. Zumindest würden sie darüber lachen. Aber in dem Alter, da ist halt alles ein bisschen schöner und ein bisschen schlimmer, wenn etwas ist. Da kann es schon zu solchen Handlungen kommen, mit denen man sich dann später nicht mehr identifizieren kann, falls man diese Phasen überlebt.

Die einen fangen zum Trinken an, die anderen hängen sich auf, und der nächste wandert nach Übersee aus und dann gibt es noch die, die ihre Wut eben an fremden Autos auslassen, obwohl, der Josef hat natürlich genau gewusst, wem das Auto gehörte, und er hatte auch ganz genau gewusst, was los ist, wenn sie ihn erwischen. Aber das machte es für ihn wahrscheinlich gerade so spannend, und noch spannender ist es, erneut hinzugehen, um das Ganze zu wiederholen.

Nur sucht man sich normalerweise keine Vollmondnacht aus, in der die Jäger die ganze Nacht unterwegs sind. Das hätte der Josef als echtes Kind vom Land schon wissen müssen. Aber in solchen Situationen kommt es halt oft vor, dass man zuerst handelt und dann denkt. Nur dann ist es manchmal zu spät, und man wird erwischt oder man landet eben am Friedhof, weil mit einem Strick um den Hals kriegt man schwer Luft, und das alles nur, weil ein Mädchen einen hat sitzen lassen oder wegen einer schlechten Note in der Schule oder auf der Uni. Da glaubt man dann als Junger, es geht nicht mehr weiter und die Welt geht unter, aber wenn man das überlebt, dann bemerkt man, hoppala, es geht ja doch weiter, und nach einiger Zeit sieht man das Ganze nur noch locker, und nach einigen Jahren sieht man das so, als ob man nicht ganz dicht gewesen wäre, weil man damals so gelitten hat. Jaja, das Gehirn kann einen schon belügen und betrügen. Aber das Schöne ist, je öfter man solchen Kummer hat, desto einfacher wird es, und man leidet immer ein bisschen weniger.

Den Josef wird das auch nicht trösten, denn der hat jetzt eine Gerichtsverhandlung wegen schwerer Sachbeschädigung vor sich, und das ist nicht so super, wenn man sich nach dem Studium irgendwo als Arzt in einem Krankenhaus bewerben will, da ist es in seinem Fall wahrscheinlich besser umzusatteln auf Landwirtschaftsschule, um dann irgendwann einmal den Hof seines Vaters zu übernehmen. Denn der Josef hatte wie der Lendner-Sohn Medizin studiert, nur war er zwei Jahre jünger.

Aber sowieso blöd das Ganze. In der Nacht, in der der Josef das Auto beschädigt hatte, war ja seine Mutter gestorben. Wären sich die beiden zufällig begegnet, dann hätte man sich unter diesen Umständen vielleicht sogar einen Haufen Leid ersparen können. Vielleicht hätte sich die Mutter dann nicht den Strick genommen, wenn sie den Sohn gesehen hätte, wie er gerade mit dem Schraubenzieher aus dem Haus marschiert war, und er hätte vielleicht den Schraubenzieher vom Zittel nicht zum Demolieren verwendet, und die Ärzteschaft hätte sich weiter über hoffnungsvollen Nachwuchs freuen können. Vielleicht, hättiwari, ist nicht so gewesen. Die arme Frau ist tot und die Karriere ihrer Sohnes als Arzt schon vorbei, noch bevor sie begonnen hat.

So ist das im Leben, und um wie viel Zeit sich die beiden versäumt haben, das wird wohl nie jemand erfahren. So tragisch kann das Schicksal sein. Den Schraubenzieher hatte er übrigens im eigenen Stall gefunden, so hat er das zumindest erzählt.

Der älterere der Kroissbauer Buben war der Peter, der sah zwar auch so blass und kränklich wie sein jüngerer Bruder aus, aber der hatte mit Sachbeschädigungen nichts am Hut. Der war so unscheinbar, man musste seinen Namen notieren, um ihn ja nicht zu vergessen. Es gibt solche Leute, und dieser junge Mann gehörte zweifelsohne dazu.

Der Bischof schaute gerade vom Luis seinem Wirtshaus in den Regen hinaus, als ihm wieder einfiel, was die Christine über die beiden Unbekannten gesagt hatte, die angeblich in ihrer Kindheit einmal am Hof gewesen sind. Da musste jetzt wohl die Lendner noch einmal dazu befragt werden. Wer, wenn nicht sie hätte darauf eine Antwort geben können? Auch wenn sie wahrscheinlich wieder ein Trara machen würde. Aber auf das wollte sich der Bischof gar nicht mehr einlassen. Er beschloss, die Dame forsch anzugehen und ihr einfach zu sagen, dass sie sich strafbar machen könnte mit ihrem Verhalten, das hatte er ihr zwar schon ein paar Mal angedroht, aber die Erfahrungen zeigen, dass das immer Wirkung hat, schließlich hat das ja auch schon bei ihren beiden Kindern funktioniert. Warum sie sich eigentlich überhaupt dermaßen schlecht benommen hatte, war dem Bischof sowieso unklar. Aber vielleicht hätte er den Kiendl rausschicken sollen, vielleicht würden die beiden besser miteinander klar kommen.

Der Kiendl war ja nicht besonders erfreut, bei dem Wetter noch raus zu müssen, aber andererseits sah auch er keine andere Chance, mit der Lendner auf eine normale Gesprächsbasis zu kommen.

Der Kiendl war ja ein von Grund auf solider, sympathischer Kerl, warum der sich so schwer tat mit den Frauen, das haben die Kollegen von ihm sowieso nie ganz verstanden. Sein Standardsatz war trotzdem immer: „Die Frau, die mich erträgt, muss erst geboren werden." Ich denke, das hat der Falco auch schon gesungen. Naja, ich hoffe es für ihn, dass es sie schon länger gibt, denn er war ja auch schon immerhin 43, da war mein Opa schon seit drei Jahren Opa, und wenn der Kiendl jetzt 43 ist und seine Zukünftige, die soeben geboren wird, ist dann vielleicht 20, dann ist er 63, quasi Opa von seiner neuen Flamme, und wenn man es genau nimmt, wäre er ja schon Uropa nach der Rechnung, aber egal.

Naja, der Kiendl war ja so schon arm genug dran heute, aber der Bischof dachte sich, „Mit dem Kiendl könnte es bei der Lendner funktionieren, dass sie endlich wieder einmal eine normale Aussage macht."

Der Kiendl fuhr also alleine raus zum Hof der Pöllibauers, und als er dort ankam, musste er das sehen, was selbst hartgesottene Kriminalisten nicht sehen wollen. Ein Tiertransporter stand dort, und die Tiere wurden gerade auf das Auto getrieben. Die Bäuerin holte die Tiere aus dem Stall, und der Fahrer trieb sie mit einem Stock ins Auto. Die Tiere quietschten nicht, sie schrien, sie wussten genau, was jetzt passierte, sie wussten genau, dass das jetzt ihre einzige und letzte Reise sein würde. Niemals in ihrem Leben hatten sie die Sonne gesehen. Während sie auf die Ladefläche des Transporters getrieben wurden, fiel ein Schwein seitlich von der Rampe und der Fahrer brachte es mit einem Tritt wieder auf die Beine und schlug es dann mit seinem Stock. Das Tier hatte Mühe, aufzustehen. In seiner kurzen Lebenszeit war es immer eingesperrt gewesen, weshalb es jetzt in seinen Bewegungen sehr eingeschränkt war.

So wie diesen Fahrer stellte sich der Kiendl einen Kriegsverbrecher vor, brutal und ohne Skrupel. Das Schauspiel dauerte eine gute Stunde, bis der Wagen mit diesem Menschen endlich weg war. Der Kiendl war schockiert, er konnte es kaum fassen, wie hier mit anderen Lebewesen umgegangen wurde. Er hatte das alles aus sicherer Entfernung gesehen, von seinem Auto aus, und am liebsten wäre er jetzt zurück ins Wirtshaus gefahren und hätte gar nichts mehr gemacht, aber da geschah noch etwas, mit dem hätte der Kiendl jetzt auch wieder nicht gerechnet.

Aus dem Stall kam nicht die Lendner, wie gedacht, sondern der Kroissbauer, mit einem Treibbrett bewaffnet. Das hat den Kiendl wieder in die Realität zurückgeholt. Im hellen Scheinwerferlicht stand da der Kroissbauer, und es wurde bereits finster, weshalb der Kindl, geschützt von der Dunkelheit in seinem Auto, vom Hof der Lendner aus, alles beobachten konnte. Denn jetzt kam es. Jetzt kam sie. Die Lendnerin kam aus dem Stall, und die beiden redeten so vertraut, zumindest für den Kiendl schien es so, dass er sich schon etwas dabei dachte, wie er die beiden so sah. Jedenfalls wollte er nicht stören, denn vielleicht gab es da noch mehr zu sehen als ein vertrauliches Gespräch. Nur nicht gesehen werden, dachte sich der Kiendl und machte sich im Auto klein, als ob das etwas helfen würde, während das Auto so groß dastand. Aber die beiden sahen ihn nicht und verschwanden im Haus.

Es gibt ja den alten Spruch in der Steiermark: „Neugierige Leute sterben früh." An diesen hat der Kiendl jetzt gedacht, als er aus dem Auto ausstieg und sich zum Haus schlich, um zu sehen, was der Kroissbauer und die Pöllibäurin da drinnen taten. Er kam sich vor wie ein Einbrecher, aber das war seine kriminalistische Neugierde, die jetzt in ihm hochkam. Er musste wissen, was da gespielt wurde.

Die beiden saßen drinnen beim Küchentisch und tranken Tee oder Kaffee. Es war kein normales Gespräch unter Nachbarn, das bemerkt man, wenn da etwas in der Luft ist, das spürt man einfach, und der Kiendl war sich sicher, dass ihn sein Gespür nicht täuschte.

Jedenfalls beschloss er noch länger beim Haus zu bleiben, und zwar so lange, bis er wusste, was die beiden miteinander hatten oder eben nicht. Das Warten sollte sich bezahlt machen, aber nicht so, wie du jetzt vielleicht denkst, so etwas wie umarmen und küssen oder sonst solche Sachen, nein, die beiden begannen heftig zu streiten. Einen solchen Streit, den eigentlich auch nur Leute haben, die zusammen sind, und nicht wie Nachbarn, auch das spürt man durch die doppelten Gläser der Fenster.

Der Regen machte es dem Kiendl auch nicht leichter, etwas zu hören, und das Wasser rann ihm beim Genick rein und bei den Schuhen unten wieder raus. Das Schauspiel bot sich dem Kiendl sicher eine halbe Stunde lang, und der Jesus am Kreuz, der dort in der Küche in der Ecke hing, hatte das alles gehört und gesehen, während der Kiendl zwar alles gesehen, aber nur Phrasen gehört hatte. Diese Fenster von heute sind so schalldicht, das war in diesem Fall sehr ärgerlich.

Nach einer halben Stunde standen beide auf, und der Kiendl wollte schon zum Auto laufen und flüchten, aber jetzt umarmten und küssten sie sich. Auf das hatte der Kiendl also so lange gewartet. Die beiden hatten nicht nur ein „Gspusi", nein, die beiden waren ein Paar, und das nicht erst seit gestern, denn solche Streitereien hast du nicht in der ersten Woche der Verliebtheit. Wäre der Kiendl jetzt ein Reporter, könnte man sagen, er hätte nun seine Geschichte gehabt, aber er war halt bei der Mordkommission gelandet, und so musste er sein Gehirn weiter zermartern und überlegen, was das jetzt bedeuten sollte. Was hatten die beiden für ein Geheimnis und gab es überhaupt eines? Das sind dann halt so Fragen, die einen Kriminalisten beschäftigen.

Der Reporter würde jetzt seine Geschichte schreiben und mit der Zunge schnalzen, und die Leser würden sich freuen, dass es endlich wieder etwas gab, über das man herrlich diskutieren konnte, natürlich nur, wenn die beiden berühmt gewesen wären.

Der Kiendl hatte genug gesehen, und er

versuchte nun so schnell und leise wie möglich vom Hof wegzukommen. Er schaffte es mit dem Auto, ohne den Scheinwerfer einzuschalten, auf die Straße raus, und dann hatte er die Heizung aufgedreht, als ob es Hochwinter gewesen wäre. Durch und durch nass kam er beim Gasthaus an, wo der Bischof gerade gemütlich mit dem Luis beim Abendessen saß.

„Grüße die Herren, bitte mich gleich zu entschuldigen, aber ich muss mich dringend umziehen.", sprach der Kiendl und weg war er. Der Bischof und der Luis mussten schmunzeln, und dann unterhielten sie sich über den neuesten Dorfklatsch und sprachen über das Fußballspiel, das gerade im Fernsehen lief.

Der Bischof war ja ein großer Fußball-Fan, und so wie die meisten Steirer war er Fan von Sturm Graz. Dem Luis war Fußball eher egal, er schaltete den Fernseher ein, wenn Leute da waren und ein großes Spiel war, weil Fußball und Alkohol, das gehört irgendwie zusammen, und Alkohol ist gut für das Geschäft vom Luis.

Der Kiendl kam genau zur Halbzeit vom Fußball-Spiel zurück, und er schaute den Bischof an. Der Bischof kannte den Kiendl lange genug um zu wissen, dass dieser Blick bedeutete, er wollte mit ihm alleine reden.

„Ich brauche jetzt eine Entspannungszigarette, gehst mit?", fragte der Kiendl Richtung Bischof.

„Naja, rauchen tu ich nicht, aber ein bisschen frische Luft würde mir schon gut tun, gemma.", meinte der Bischof darauf und erhob sich, wie sich einer erhebt, der schon zu lange am selben Fleck gesessen ist.

Der Kiendl war ja so ein Genussraucher oder Paffer, man hatte immer das Gefühl, er raucht nicht wie ein gewöhnlicher Raucher auf Lunge, nein, der hat den Rauch quasi unverdaut wieder ausgeatmet. Ein echter Raucher bemerkt das natürlich sofort, und der Bischof als ehemaliger Raucher sowieso, und ab und zu hat er ihn dann auch ein bisschen aufgezogen wegen seiner Art zu rauchen.

Bischof: „Und, was gibt es Neues? Was spricht die Dame, oder hat sie dich wieder vom Hof gejagt?"

Kiendl: „Nichts von beiden, ich habe gar nicht mit ihr gesprochen, soweit bin ich nicht gekommen. Aber ich sag dir was, der Kroissbauer und die Lendner haben etwas miteinander, das ist fix."

Da standen die beiden unter dem kleinen Vordach, und der Regen prasselte mittlerweile gemütlicher vor sich hin. Der Bischof war total überrascht, und er hörte sich gespannt die ganze Geschichte an. Die weitere Vorgangsweise, alles was sie bisher gedacht und wen sie verdächtigt hatten, das alles hatte sich gerade wieder einmal in Luft aufgelöst. Er, der erst seit ein paar Tagen Witwer war und sie, die Witwe, die ihrem verstorbenen Gatten einen Altar im Flur gebaut hatte, die hatten auf gut steirisch „etwas miteinander", das mehr als ein „Gspusi" war.

Der Kiendl drückte seine Zigarette aus, und die beiden gingen wieder rein, denn die zweite

Halbzeit vom Sturm-Spiel war kurz vor dem Anpfiff. Cup-Achtelfinale gegen einen Wiener Verein, ich habe jetzt vergessen gegen wen von denen, aber Sturm gegen die Wiener Vereine, da war immer Spannung in der Luft und das nicht nur am Rasen.

10

Die Oststeiermark und das Burgenland, die fließen so ineinander, irgendwie sind die Landschaften halt schon sehr ähnlich. Das hören die Steirer nicht so gerne, die erzählen doch lieber Witze über die Burgenländer. Aber die Burgenländer machen das natürlich auch über die Steirer. Obwohl, ich kenne eigentlich keinen Burgenländer, fällt mir gerade ein, egal – das tut jetzt sowieso nichts zur Sache.

Gespenstische Stille auf dem Hof der Lendner. Kein Grunzen, kein Geschrei und kein Husten der kranken Tiere. Ausstallen heißt es, wenn sie aus ihrem Gefängnis rausgetrieben, in einen noch engeren Tiertransporter verfrachtet und meistens noch am gleichen Tag geschlachtet werden.

Das dumme Schwein, heißt es so bei den Leuten, aber wenn es jetzt um messbare Intelligenz geht, dann gilt das Schwein als eines der intelligentesten Lebewesen, noch viel intelligenter als der Hund soll es sein. Bei uns wird halt das Schwein eingesperrt und gegessen, anderswo Hund und Katze, wo ist da der Unterschied und wer bestimmt eigentlich die Grade der Intelligenz? Diese Fragen habe ich mir ja schon oft gestellt, und der Kiendl hat sich, seit er gestern beim Ausstallen dabei war, das Gleiche gedacht, aber heute erinnert nicht mehr viel an die geschundenen, armen Tiere. Nur ihr Mist wurde gerade von der Pöllibäurin mit der Scheibtruhe aus dem Stall gebracht. Der Mist hat die Schweine überlebt, während diese schon schön abgepackt in Richtung Supermarkt unterwegs sind.

Aber für Nachschub ist gesorgt, die Muttersäue im Nebenstall haben in ihren Kastenständen abgeferkelt und es wird bald soweit sein, dass die Jungen rüber müssen in den großen Stall, um aufgepäppelt zu werden, um nach fünf bis sechs Monaten wieder auf dem Teller zu landen. Nein, als Schwein möchte ich nicht auf die Welt kommen.

Der Kiendl hatte die Lendner ja als schöne, attraktive Frau kennengelernt, aber wenn er sie jetzt so ansah, dann war für ihn nichts mehr Aufregendes da, obwohl sie sich natürlich in der kurzen Zeit, in der sie sich jetzt kannten, kaum verändert haben konnte, zumindest nicht äußerlich. Aber das lag wohl an ihrem grausamen Beruf, der macht schon ein bisschen unsexy, außer man ist selber Schweinebauer, dann sieht man das natürlich etwas anders. Etwas rationaler wahrscheinlich.

Eine gute Partie, hat man früher gesagt. Eine gute Partie war jemand, der entweder viel Geld hatte oder Häuser oder sonstiges Vermögen mit in die Ehe gebracht hat. Von dem her ist die Lendner eine gute Partie. Die Oma vom Bischof würde über die Lendner wohl sagen: „Noch wos da lust', kaunn da net grausn." Es gibt ja für alles so gescheite und weniger gescheite Sprichworte und Redewendungen. Der Mensch verwendet sie gerne, um sich selbst zu bestätigen und selbst im Irrtum müssen diese Sprichwörter noch herhalten. Heute würden sich die

Erdenker dieser wohl oft im Grabe umdrehen, wenn sie wüssten, für welche Blödheiten ihre Geistesblitze verwendet werden. Dem Bischof seine Großmutter hatte im Gasthaus in der Südsteiermark auch einen solchen Spruch in der Küche auf einer verzierten Tafel stehen gehabt, „Wenn du glaubst, es geht nicht mehr, kommt von irgendwo ein Lichtlein her." Der Bischof hat sich öfter daran erinnert, aber mit Sprüchen hatte er es auch nicht so, und vielleicht war sein Beruf daran schuld, dass er schon zu oft Menschen gesehen hatte, die ihm bewiesen hatten, dass der Spruch einfach falsch war. Er hatte sich eher gedacht, wenn es nicht mehr weitergeht, dass dann sicher noch etwas Schlimmeres nachkommt. Obwohl er jetzt grundsätzlich kein negativer Typ war, aber solche Sprüche mochte er einfach nicht.

Der Bischof jedenfalls stellte sich heute unwissend, er ließ die Lendner nicht merken, dass er über ihr wahrscheinliches Verhältnis zum Kroissbauern wusste. Er wollte es ihr selber entlocken, aber das könnte bei ihrer Abneigung ihm gegenüber wohl lange dauern. Deshalb schickte er wieder den Kiendl vor, und er selbst hielt sich dezent im Hintergrund. Der Kiendl konnte ja mit allen Leuten, also selten einmal war er auf Ablehnung gestoßen, weder bei Ermittlungen noch bei den Kollegen. Das ist oft ein Vorteil, aber es könnte ihm auch so ausgelegt werden, dass er keine Gefahr darstellte, für was und für wen auch immer. Obwohl sie ihn einmal so ignoriert hatte, wenn es einer schaffen konnte, mit ihr zu reden, dann war das er.

„Grüß sie Gott, Frau Lendner.", versuchte

der Kiendl heute seine Sprache der Umgebung anzupassen, und siehe da, sie konnte ja wieder einmal grüßen.

„Grüß Gott!", antwortete sie kurz, aber immerhin, sie grüßte, und das kam dem Kiendl schon wie ein Etappensieg vor. Das ist der Vorteil für die unfreundlichen Menschen, die einem immer harsch kommen, dann gewöhnt man sich irgendwann dran. Und wenn sie dann einmal nur ansatzweise freundlich sind, dann freut man sich, dass man nicht ignoriert oder angeschnauzt wurde. Umgekehrt ist das etwas blöder, wenn ein freundlicher Mensch immer freundlich ist und dann einmal einen schlechten Tag hat, dann wird er gleich als Arschloch abgestempelt, oder die Leute meinen, der ist ja gar nicht so nett wie er immer tut. Beim anderen sagen sie, „Ach, der ist ja gar nicht so ein Grantler, wie es immer scheint." - und lächeln dabei. Also, man sieht, es ist oft gar nicht so schlecht, ein Arschloch zu sein, da bleibt man interessant für die Leute.

„Heute ist es aber sehr leise bei ihnen.", stellte sich der Kiendl unwissend.

Lendner: „Ausgestallt haben wir gestern."

Der Kiendl freute sich, dass sie ihn heute ansah, wenn er mit ihr sprach, und sie nicht dem Bischof die Antworten gab. Das hatte ihn ja beim letzten Mal schon sehr getroffen, aber irgendwann hatte sie damit begonnen, den Bischof komplett abzulehnen. Warum auch immer.

„Hätten sie etwas von mir gebraucht?", und wieder sah sie dabei den Kiendl an.

Kiendl: „Ja, Frau Lendner, richtig, diesmal

müssen wir einem Hinweis nachgehen.".

Lendner: „Um was geht es nun schon wieder? Erzählen sie einmal!".

Kiendl: „Das letzte Gerücht, das wir aufgefangen haben ist, dass sie mit dem Kroissbauern ein Verhältnis haben sollen. Stimmt das?".

Lendner: „Schwachsinn! Selbst wenn es stimmen würde, ich glaube, das geht niemanden etwas an, oder?"

Kiendl: „Das ist schon richtig, normalerweise zumindest. Aber wenn die Frau des Kroissbauern seit ein paar Tagen unter der Erde liegt und sie auch noch trauernde Witwe sind, dann fragen wir uns doch, wie lange dieses Verhältnis schon besteht, falls es eines gibt."

Lendner: „Alles ein Blödsinn, lassen sie sich von den Leuten nicht an der Nase herumführen, das ist doch nur noch zum Lachen."

Sie brachte das so glaubwürdig, dass selbst der Bischof den Kiendl fragend ansah.

Der Kiendl war jetzt keiner, der sich leicht provozieren ließ, aber die Lüge der Lendner machte ihn doch wütend, und so ging er in die Offensive: „Schauen sie, ich war gestern am Abend hier am Hof, um sie wegen einem anderen Hinweis zu befragen, und da habe ich etwas gesehen, das schon ziemlich eindeutig auf ein Verhältnis hinweist. Jetzt wird es langsam Zeit für ein bisschen Ehrlichkeit!".

„Haben sie mich im Haus beobachtet?", fragte die Lendner erzürnt.

„Zufällig, eigentlich wollte ich anläuten aber durch das Fenster habe ich dann etwas gesehen, und da wollte ich nicht stören.", log der Kiendl, um dann fortzufahren, „Und ihre Tochter hat ausgesagt, dass sie vor vielen Jahren Besuch von unbekannten Männern hatten, worauf ihr verstorbener Mann tagelang völlig fertig gewesen sein soll! Was ist an der Geschichte dran - und diesmal bitte ich einmal um die Wahrheit!" Der Kiendl war selber überrascht, wie bestimmt er die Lendner angesprochen hatte, und sie war auf einmal alles andere als arrogant, sie wusste, ihre Geschichte war aufgedeckt worden und nun hieß es für sie, sich eine neue Strategie einfallen zu lassen oder gleich ganz die Wahrheit zu sagen.

„Na und, ja der Kroissbauer und ich haben etwas miteinander, das geht niemanden etwas an, und ich bitte sie, deshalb diskret zu sein.". Der Kiendl wunderte sich, dass sie so schnell nachgab und drängte weiter. „Und was war mit den beiden Männern damals?"

Lendner: „Ich weiß nicht, was sie gemeint hat, das ist sicher ihrer kindlichen Phantasie entsprungen. Wie lange soll denn das her sein?"

Kiendl: „Das hat schon sehr real geklungen, und sie war damals kein Kleinkind mehr. Sie hat genau beschrieben, wie ihr Mann unter diesem Besuch gelitten hatte. Also, wer war das? Es muss zirka zehn Jahre her gewesen sein."

Lendner: „Niemand, diese Leute hat es nie gegeben, bei uns sind früher oft Vertreter und Handelsreisende aufgetaucht und wollten uns irgendwelche Dinge andrehen oder Ratschläge verkaufen, das ist doch normal. Wir sind ein offenes Haus."

Kiendl: „Also wollen sie mir jetzt erzählen, dass ein intelligentes Mädchen wie die Christine sich das alles eingebildet hat?"

Lendner: „Und der Gernot hat das auch bestätigt?"

Kiendl: „Der soll damals nicht zu Hause gewesen sein, dann kann er sich natürlich schwer an so etwas erinnern. Wir haben ihn natürlich gefragt. Jedenfalls klang die Geschichte der Christine ziemlich glaubwürdig."

Lendner: „Vielleicht war wer vom Amt da und wir hatten eine Kontrolle, was weiß denn ich, an was sie sich erinnern kann. Das ist doch an den Haaren herbeigezogen. Was wollen sie damit überhaupt bezwecken?"

Kiendl: „Naja, vielleicht sind die beiden Unbekannten ja der Schlüssel zu den drei Verbrechen. Wer weiß das schon? Um das herauszufinden, rede ich ja jetzt mit ihnen. Wie lange läuft das jetzt eigentlich zwischen dem Kroissbauern und ihnen?"

Lendner: „Seit ein paar Wochen, die Kroissbauer-Ehe, die war sowieso nur noch zum Schein. Nur noch für die Öffentlichkeit hat die existiert, und er wollte sich schon länger von ihr scheiden lassen."

Kiendl: „Und dann ist sie dahintergekommen, dass da etwas zwischen ihnen und ihrem Mann läuft."

Lendner: „Das glaube ich nicht, die war sowieso eifersüchtig - auf jede Frau, die nur in die Nähe ihres Mannes gekommen ist. Ich meine, wie er aussieht und wie sie ausgesehen hatte, das passte doch gar nicht zusammen, ich habe mich sowieso immer gefragt, wie die beiden jemals… aber lassen wir das."

Kiendl: „Ok, mein Chef, der Inspektor Bischof fährt jetzt los und lässt sich ihre Aussagen vom Herrn Kroissbauer bestätigen, dann schauen wir einmal, was da rauskommt."

Der Bischof hatte nämlich dem Kiendl mit dem Autoschlüssel aus ein paar Metern Entfernung zugewunken, somit war klar, wohin der wollte.
Kiendl: „Ich hoffe, sie erzählen mir diesmal die Wahrheit."

Lendner: „Warum sollte ich lügen? Die Leute zerreißen sich sowieso ihr Maul über mich, aber trotzdem, mein Privatleben geht niemanden etwas an. Das sollten auch sie respektieren, wenn sie mit anderen Leuten sprechen."

Kiendl: „Soweit es möglich ist und die Ermittlungen nicht behindert, komme ich ihrem Wunsch gerne nach, aber dazu sind wir ja sowieso verpflichtet."

Die Lendner sah ihn schweigend an, nahm die Scheibtruhe mit dem Schweinemist und fuhr davon. Sie ließ den Kiendl wortlos stehen.

Wenig überraschend bestätigte der Kroissbauer ihre Aussagen.

Aber natürlich hat der Bischof gleich ein paar Fragen nachgeschoben, denn dass die Kinder und ihr Vater jetzt nicht ein Herz und eine Seele waren, das hat man schon von der Leichenhalle bis ins Wirtshaus rüber gespürt. Die Burschen gaben ihrem Vater die Schuld am Selbstmord der Mutter.

Sie wussten nämlich vom Verhältnis ihres Vaters zur Nachbarin, und da können Kinder schon sehr nachtragend sein. Oft nachtragender als der betrogene Erwachsene selbst. Die Burschen redeten darüber zwar nie mit ihrer Mutter, sie zeigten ihre Verachtung einfach nur dadurch, indem sie den Vater ignorierten. Die Höchststrafe für einen Elternteil.

Der Kroissbauer gestand auch, dass er sich mit seiner Frau gestritten hatte an dem Tag, als sie freiwillig aus dem Leben geschieden war. Aber das hatten die beiden Polizisten ja sowieso fast hautnah miterlebt. Er meinte nur, dass sie ihm mit der Scheidung gedroht hatte, wenn er nicht endlich das Verhältnis zur Lendnerin einstellen sollte. Fazit, die beiden liebten sich einfach nicht mehr und für eine Zweckehe waren sie noch zu jung oder die Leute werden für solche Art von Ehen heutzutage einfach zu alt.

Früher hat man mit 40 gesagt, ok, die paar Jahre halte ich den alten Trottel auch noch aus und schön warm ist es im Winter auch im Haus, und dann wird er wohl endlich einmal die Radieschen von unten ansehen. Aber heute werden die Leute 80 und noch älter, da ist man mit 50 oder 60 noch voll im Leben, da hat man keine Lust, sich so etwas länger anzutun als unbedingt nötig.

11

Der Kiendl war ja nicht nur ein Single, nein er war auch ein Raucher und ein Sparefroh. Seine Zigaretten kaufte er nicht beim Luis, dem das natürlich auffiel, nein er ging jedes Mal in die nahegelegene Trafik, um dort bei der netten, aber etwas direkten Verkäuferin seine Suchtstäbchen abzuholen. „Net so viel rauchen, mehr spazieren!", redete sie ihn gleich bei seinem zweiten Besuch in der Trafik an.

Der Stadtmensch Kiendl war das überhaupt nicht gewohnt, dass das Gespräch über das hinausging, was nötig war, da war es im Normalfall eher so: „A Packl Dreier." Und von der Gegenseite kam zurück, „3,50-,". Ende des Gesprächs. Da fällt mir ein, die Dreier gibt es gar nicht mehr, aber egal.

Kiendl musste sich erst daran gewöhnen, dass das da in ganz kleinen Ortschaften anders war als zum Beispiel in Graz. Was er als Städter aber gar nicht mochte, waren diese ignoranten Einkäufer an der Supermarktkasse, die ihr Zeug auf das Band legten und nebenbei telefonierten und der Kassiererin nur einen fragenden Blick zuwarfen, damit diese wusste, dass die Kundschaft die Summe wissen wollte. Das fand der Kiendl extrem respektlos. Aber das passierte ihm hier am Land nicht, denn in diesem Ort gab es nicht einmal einen Supermarkt.

Jedenfalls, die Trafikantin war so eine gesprächige kleine Person. Nicht mehr ganz frisch, aber immer gut gelaunt. Deshalb war der Kiendl jetzt nicht sicher, ob sie bei ihm besonders nett war oder ob das allgemein ihre Art war. Denn Männer verstehen das ja oft falsch. Da ist eine Frau einmal kurz nett, und der Mann hört schon die Kirchenglocken läuten oder denkt zumindest am Abend beim Einschlafen an sie, als Einschlafhilfe sozusagen, weil Entspannung muss ja auch sein.

Deshalb hat der Kiendl dann beim dritten oder vierten Mal angefangen, Lottoscheine auszufüllen, weil er wollte wissen, wie die Trafikfrau bei den anderen Leuten reagierte. Aber weil in den nächsten fünf Minuten niemand bei der Türe hereingekommen ist, hat er auch noch angefangen, einen Toto-Schein auszufüllen, weil er dachte, Toto und Fußball, da kann man länger überlegen beim Tippen, ohne dass es ihr auffällt, weil er wollte ja nur Zeit gewinnen. Als dann endlich die Türe aufging und eine männliche Kundschaft hereinkam, versuchte er rauszuhorchen, ob sie bei dem auch so freundlich war wie bei ihm.

Danach spielte er zweimal wöchentlich Lotto und Toto. Der Kiendl war ja nicht nur Single, er war privat auch eher schüchtern, zumindest was Frauen anbelangte. „Weniger rauchen, mehr spazieren.", der Spruch brannte sich in seinem Gehirn ein. Sagte sie das nur um ihn zu ärgern, war es ein Hinweis, dass sie mit ihm gerne einmal spazieren gehen würde, oder war es doch nur ein Scherz? Jedenfalls wartete er bei jedem Besuch auf einen neuen Spruch, nur waren die Sprüche spannender als die auf den Zigarettenpackungen, weil die waren nur am Anfang interessant, und dann haben sie irgendwann angefangen, sich zu wiederholen, dann war es aus mit der Spannung. „Wie in einer Beziehung", dachte sich der Kiendl. „Eine Beziehung ist wie ein Spruch auf einer Zigarettenpackung", lachte er kurz auf, als er die Trafik schon verlassen hatte, und Zigarettenpackungssprüche vor seinem geistigen Auge abliefen „Rauchen kann töten!", „Rauchen kann ihre Gesundheit gefährden!", der Kiendl hatte ein Grinsen im Gesicht, dass ihn sogar eine Passantin etwas komisch anschaute, aber er stellte sich halt gerade die Zigarettenpackungen mit den Warnhinweisen vor, auf denen das Wort „Rauchen" mit dem Wort „Beziehungen" ausgetauscht worden war. „Beziehungen können Ihre Gesundheit gefährden! Hahahaha."

Der Kiendl musste richtig lachen über seinen Einfall. „Hormone eingeschossen!", würde sich ein Unbeteiligter jetzt denken, aber der Kiendl war durch seine geistigen Wortwitze mutig geworden, und er drehte um und beschloss, noch einmal Zigaretten kaufen zu gehen, egal wie komisch es aussah. Er betrat flotten Schrittes die Trafik und ging Richtung Verkaufspult, um nach zwei Schritten 90 Grad abzubiegen, Richtung Toto- und Lottoscheine. Denn es waren gerade zwei Kundschaften da, und das bremste den Kiendl jetzt natürlich in seinem Vorhaben und in seinem Mut etwas ab.

Andererseits hatte er ja dadurch mehr Zeit zum überlegen, ein flotter Spruch oder überhaupt gleich aufs Ganze gehen und die Dame auf einen Kaffee einladen, das musste genau abgewogen werden. Ein flotter Spruch ist ja auch nur ein flotter Spruch, wenn er spontan über die Lippen kommt und nicht einstudiert wirkt, aber in Sachen Frauen hat es dem Kiendl nicht erst einmal die Sprache verschlagen, da ging er lieber den solideren Weg, auch wenn die Gefahr bestand, einen Korb zu bekommen. Aber besser ein Korb, als dass man mit dem besten Schmäh auf Granit beißt und einen die Angebetete nur fragend ansieht, oder dass sie, wenn es ganz blöd hergeht, sogar den Kopf schüttelt, während man sich selbst vor Lachen nicht einkriegt.

Alles schon vorgekommen, jetzt nicht beim Kiendl, aber der hatte ja auch schon andere beim Balzverhalten studiert und das war oft sehr peinlich gewesen. So etwas wollte er sich auf keinen Fall antun.

Jetzt waren die beiden endlich alleine, und der Kiendl wollte sofort seine Chance ergreifen, weil warten in diesem Fall ganz schlecht ist und die Türe aufgeht und die nächste Kundschaft hinter ihm steht und er hätte wieder einige Euro für Wettscheine ausgegeben, die er ansonsten nicht einmal im Traum abgeben würde.

Kiendl: „Endlich wird es Herbst, der Sommer war heuer nicht mehr auszuhalten."

Trafikfrau: „Oje, sind wir hitzeempfindlich?" Sie sagte das so lächelnd auffordernd, dass es dem Kiendl schon wieder heiß wurde.

Kiendl: „Ja, ich hätte den Sommer am liebsten in einem kühlen Biergarten verbracht, aber bei euch kann man ja nirgendwo gepflegt etwas trinken gehen, oder?"

Der Kiendl war ein schlauer Fuchs, er tastete sich langsam heran, aber die Trafikfrau war natürlich auch nicht blöd.

Trafikantin: „Oje, nicht nur Raucher, auch noch ein Alkoholproblem der Herr?"

Jetzt hatte es ihm endgültig die Sprache verschlagen und er wollte nur noch zahlen.

„Bei uns im Ort gibt es nichts außer dem Kirchenwirt, aber den kennen sie ja eh schon", meinte sie augenzwinkernd. „Aber in Feldbach, da haben wir ein paar sehr nette Kaffeehäuser und super Eis gibt es dort auch noch", setzte sie nach.

Kiendl: „Eis, ma das wäre fein. Aber alleine ist das nicht so lustig wie zu zweit. Gehen wir einmal Eis essen?"

Der Kiendl setzte alles auf eine Karte, und er dachte, schlimmer, als dass er seine Zigaretten ab jetzt beim Luis kaufen müsste, könnte es eh nicht mehr kommen, und außerdem würde er sich das Geld für die Wettscheine ersparen. Umso überraschter war der Kiendl, als sie plötzlich erwiderte: „Warum nicht? Wann hat er denn Zeit?"

Es kommt ja nicht selten vor, dass sich Leute in der dritten Person ansprechen, das hat wahrscheinlich ein bisschen mit dem zu tun, weil es etwas auffordernd witzig ankommt, oder manchmal verwenden es die Leute auch, weil sie den anderen damit sagen möchten, dass ein „Du-Wort" angebrachter wäre. Aber so richtig getraut man sich das auch nicht zu sagen, deshalb verwendet man dann ab und zu die dritte Person. Der Kiendl wollte jetzt natürlich auch witzig sein und antwortete: „Am

Samstag ginge es bei ihm, wie schaut es bei ihr aus?"

„Da geht es bei mir nicht, da hat mein Mann Geburtstag.", meinte die Trafikantin.

„Ach so, ok – ja, das verstehe ich, dann wird es schon einmal passen.", meinte der Kiendl jetzt komplett verdattert.

Trafikantin: „Scherzerl, ich habe keinen Mann, ich wollte nur sein Gesicht sehen, wenn ich das sage."

Kiendl: „Ah, ok, ist gelungen."

Trafikantin: „Samstag, 20 Uhr, hier vor der Tür."

Kiendl: „Ok, ich bin da."

Der Kiendl war komplett überrascht, er hatte nach längerer Zeit wieder einmal ein Treffen mit einer Vertreterin des anderen Geschlechts.

Wenn man eine gute Zeit gehabt hat, und man dann zurück in die Realität muss, dann kann es einem passieren, dass man etwas ausstrahlt, das den anderen auffällt, und wenn man einen Kollegen wie den Bischof hat, kann man ganz sicher sein, dass es dem auffällt.

„Na, hast den Fall geklärt? Oder hast im Lotto gewonnen?", meinte der Bischof trocken zum Kiendl.

Der war in dem Moment wie ein kleiner Bub und wurde nur rot. Dann bestellte er sich ein kleines Schlummerbier beim Luis und nahm wortlos die Zeitung, um kein Gespräch führen zu müssen.

12

Bischof und Kiendl haben zwecks Tageslichteinfall ihre Schreibarbeiten in die Gaststube verlegt, weil am Nachmittag war meistens nichts los beim Luis, und so konnten sie in Ruhe ihre Berichte schreiben. Nur der Toni Michelitsch, der war ab und zu da, wenn er gerade ein paar Euro eingesteckt hatte. So auch diesmal wieder.

„Jajaja, so ist es halt mit den Weibern, bin ich froh, dass ich keine mehr habe,", ließ der Toni wissen, auch wenn der Bischof versuchte wegzuhören und probierte, weiter zu tippen. Der Toni aber hatte so eine krächzende Stimme, die konnte man nicht ignorieren. So gleichgültig konnte man gar nicht tun, und je mehr er bemerkte, dass ihm jemand zuhörte, desto mehr wollte er reden.

Es läutete, und ein Kollege aus Graz war am Telefon. Bischof hatte ihn gebeten in der Vergangenheit des Pöllibauern zu recherchieren. Schule, Lehrzeit, Berufsschule, Bundesheer, soweit es halt möglich war, und der Kollege berichtete, dass der Pöllibauer 1970 in Villach beim Bundesheer war., bei den Pionieren. Das wäre jetzt nichts Besonderes gewesen, nur in dieser Zeit war in Villach ein brutaler Mord geschehen, unweit der Kaserne. Der Mord an der hübschen Rita Kollaritsch im nahegelegenen Wirtshaus machte damals Schlagzeilen in ganz Österreich. Er war mit einer unglaublichen Brutalität ausgeführt worden. Die junge Frau war mit 15 Messerstichen ermordet hinter der Schank gefunden worden. Damals wurde ein neunzehnjähriger Präsenzdiener verhaftet. Es war bekannt, dass er sich in die Kellnerin verliebt hatte, und dass sie seine Liebe erwiderte. Jedenfalls war der junge Bursche geständig und er wurde 1971 zu 15 Jahre Haft verurteilt.

Während des Prozesses hatte er sein Geständnis dann widerrufen und behauptet, dass er von der Polizei unter Druck gesetzt worden war, bis er schlussendlich das Protokoll mit dem Geständnis unterschrieben hatte. Jedenfalls wurde er dann nach Graz überstellt, in die Haftanstalt Karlau, und 1973 hat der Mann in seiner Zelle Selbstmord begangen.

In seinem Abschiedsbrief hatte er weiterhin seine Unschuld beteuert. Aber die Indizien sprachen gegen ihn. Überall gab es belastende Spuren, und niemand hörte auf die Familie vom Weber, die stets an Reinholds Unschuld geglaubt hatte. Aber jetzt kommt es: Der Wehrmann Lendner, der damals 20 Jahre alt war, der war in der gleichen Kompanie wie der Weber.

Das nennt man einmal interessante Neuigkeiten. Der Bischof beschloss jedenfalls, die Familie des verurteilten Mörders zu besuchen und dem Kiendl war das gar nicht recht, denn irgendwie wollte er wieder einmal weg aus dem Ort, trotz des leichten Anflugs von Verliebtheit. Jedenfalls der Reinhold Weber stammte aus Arnfels, das ist eine Marktgemeinde in der Südsteiermark, unweit dem Geburtsort vom Bischof, der ja aus Eibiswald stammte. Fünfzehn Kilometer trennten die beiden Orte an der Grenze zu Slowenien. Aber wie der Bischof dort weg ist, hat das Nachbarland noch Jugoslawien geheißen. Der Bischof ging den einfachsten Weg und sah im Internet-Telefonbuch nach, was da alles unter dem Nachnamen Weber in Arnfels auftauchte. Dort gab es mehrere Webers und er wählte die erste Nummer, Anton Weber. Volltreffer! Es war der Bruder vom Reinhold Weber, ein Mechaniker aus der Gemeinde. Der Bischof fragte ihn telefonisch, ob er einmal mit ihm sprechen könnte, es ginge um seinen verstorbenen Bruder. Der Anton Weber sagte sofort zu, und er war richtig aufgeregt am Telefon. „Rollen sie den Fall jetzt neu auf nach so vielen Jahren, sagen sie mir, rollen sie den Fall neu auf?"

Der Bischof wollte den Mann nicht enttäuschen, und er meinte, dass er mit ihm persönlich sprechen müsste, und dass er nach Arnfels kommen würde. Dem Weber war die Freude anzumerken.

Als der Bischof durch Leibnitz fuhr, kamen in ihm Kindheitserinnerungen hoch. Einmal im Jahr, vor Weihnachten, ist es mit den Eltern zum Konsum gegangen, das war jedes Mal das Ereignis für ihn und seinen Bruder gewesen. Dort hat es Dinge gegeben, die es ansonsten nirgendwo gab. Irgendwann, Anfang der 90er Jahre, da war der Bischof schon lange bei der Polizei, war es vorbei mit dem Konsum. Konkurs, und so mancher Manager von damals war hinter Gitter gewandert. Als er nun nach Jahren die Autobahnabfahrt Leibnitz nahm, erkannte er das

Gebiet kaum wieder. Dort, wo einst Ackerflächen waren, entstand eine neue, kleine Stadt. Nicht für Menschen, hier entstand das, was in den 90er Jahren vor fast jeder Bezirkshauptstadt entstanden war: Satellitenstädte für Einkaufszentren, grausam anzusehen, aber gut für das Wirtschaftswachstum.

Drei Fußballfelder werden in Österreich täglich verbaut, meist auf Kosten von Ackerflächen, das hat der Bischof letztes Mal auf Ö1 im Radio gehört. Nirgendwo in Europa wird die Landschaft so schnell verbaut wie hierzulande und nirgendwo gibt es so viele Supermärkte. Das gab natürlich wieder den Fremdenverkehrsmenschen zu denken, die wollen ja weiterhin die heile Welt in die ganze Welt verkaufen. Wo kommen wir denn da hin, wenn man auf den Prospekten dann vor lauter Einkaufszentren die verbauten Berge und Seen nicht mehr sieht. Den Touristen muss man da schon etwas vorgaukeln, die sollen kommen und zahlen, denn wir Österreicher sind ja so gastfreundlich, aber nur zu denen, die bezahlen – da sind wir Weltmeister im Show machen, egal ob es in den Bergen oder an den Seen ist.

Wenn man in Oberhaag aufgewachsen ist - und das ist noch kleiner als Arnfels und fünf Kilometer davon entfernt - dann ist dieses Arnfels fast schon eine Metropole. Zumindest war das früher so. Zwei Friseure, zwei Banken, zwei Bekleidungshäuser, zwei Bäckereien und fünf Wirtshäuser. Aber wenn man heute von Graz nach Arnfels fährt, hofft man nach kurzer Zeit schon wieder nach Graz fahren zu dürfen. Aber der Bischof musste ja nach Arnfels, in die Metropole des

Saggautals. Der Weber wohnte in so einem Nachkriegshäuschen, in einem dieser spitzen, kleinen Häuser, die so kurz nach dem Krieg bis in die Mitte der 50er Jahre aus dem Boden rausgeschossen sind, und er hatte auch einen kleinen Garten. Der Weber schien zufrieden zu sein.

Am Donnerstag Stammtisch, am Sonntag Fußballplatz und Bierchen trinken. Ansonsten passierte ja nicht viel im Leben des alleinstehenden Mannes. Für einen Job zu alt, für die Pension zu jung und so versuchte er als gelernter Mechaniker ein bisschen Geld zu verdienen, ohne dass es das Finanzamt gleich bemerkte. Wie der Bischof zum Haus kam, lag der Weber gerade unter einem alten Golf und schraubte daran herum.

Bischof: „Grüße sie, Herr Weber, danke, dass ich bei ihnen vorbeischauen darf."

Weber: „Ah, grüße sie, aber natürlich", meinte der Mann erfreut und rutschte mit dem Schlitten unter dem Auto hervor.

Ein Hüne von einem Mann kam da zum Vorschein. Wer bisher dachte, Schwarzenegger sei die steirische Eiche, der hat den Weber noch nicht gesehen. 2,05 Meter groß, eine Kante von einem Mann mit Händen wie Teller. Eine menschliche Urgewalt stand da vor dem Bischof. So hatte sich der Bischof den Weber nicht vorgestellt, wahrscheinlich, weil der so freundlich war und für den mächtigen Körper fast eine helle Stimme hatte.

Der Bischof war schon kein kleiner Mann, aber dem Weber reichte er nur bis zur Brust. Wenn der einmal trainiert hätte, da wäre dem

Schwarzenegger in Hollywood nur eine Nebenrolle geblieben, das dachte sich der Bischof zumindest.

Bischof: „Herr Weber, der Grund, warum ich zu ihnen komme ist vielleicht ein anderer, als sie denken. Ich habe das von ihrem Bruder erfahren und habe herausgefunden, dass er mit einem Mordopfer, das vor einem Jahr getötet wurde, in der gleichen Pioniereinheit in Villach eingerückt war. Wissen sie davon?"

Weber: „Mein Bruder war in Villach, ja und was dort passiert ist, wissen sie dann ja auch, oder?"

Bischof: „Ja, wir wissen Bescheid, und wir wissen auch das, was mit ihrem Bruder gewesen ist."

Weber: „Sie meinen, was mit meinem Bruder geschehen ist? Er hat sich dann ja selbst gerichtet."

Bischof: „Ja, das wissen wir auch. Wir tappen da in einem Fall noch immer im Dunkeln, und jetzt müssen wir jeder auch noch so kleinen Spur nachgehen. Unter anderem bei seinen ehemaligen Kameraden vom Heer. Haben sie vielleicht Fotos oder Erinnerungsstücke ihres Bruders aus dieser Zeit?"

Weber: „Nein, leider, der Reinhold ist damals während des Bundesheeres eher selten nach Hause gekommen, was unsere Eltern natürlich geärgert hat, wegen der Landwirtschaft und dem Arbeiten helfen und so."

Bischof: „ Weil er sich verliebt hatte in das spätere Mordopfer Rita Kolaritsch, nicht?"

Weber: „Das war sicher ein Grund, aber er hatte auch kein Auto, und wenn sie schon einmal mit dem Zug von Villach in die Weststeiermark gereist sind und dann weiter zu uns her, dann wissen sie, dass so ein Wochenende sehr kurz ist. Es hat sich für einen Bundesheerler damals fast nicht ausgezahlt, nach Hause zu fahren. Das mit den öffentlichen Verkehrsmitteln hat sich bis heute ja nicht geändert."

Bischof: „Mir hat der Bummelzug damals nach Wies schon gereicht, ich weiß was sie meinen. Haben sie die Dame einmal kennengelernt? Ich meine, waren da ernstere Absichten dahinter?"

Weber: „Ja, er hat sie geliebt und sie ihn, die beiden wollten heiraten, und sie wollte mit in die Steiermark kommen. Einmal war sie mit meinem Bruder hier, sie hatte ja ein Auto."

Bischof: „Können sie sich erklären, warum es dann zu so einer Tat gekommen ist?"

Weber: „Ich weiß es nicht, Eifersucht vielleicht, ich meine, sie war eine Schönheit und jeder Bundesheerler wollte sie haben. Das hat mein Bruder mir einmal erzählt, und deshalb hat er sich schon so darauf gefreut, dass das einmal alles vorbei sein würde und er endlich mit ihr hier sein könnte. Aber daraus ist bekanntlich ja nichts geworden."

Bischof: „Sie mochten ihren Bruder sehr, nicht?"

Weber: „Wie man seinen großen Bruder eben mag in diesem Alter, er war ja acht Jahre älter als ich, und natürlich habe ich aufgesehen zu ihm."

Bischof: „Gibt es Fotos aus der Bundesheerzeit, wo er vielleicht mit Kameraden zu sehen ist?"

Weber: „Nein, Fotos habe ich nicht, meine Mutter hatte welche, aber die ist vor zwei Jahren verstorben. Tut mir echt leid, dass ich ihnen nicht weiterhelfen kann."

Bischof: „Ja, mir auch, übrigens kennen sie einen Franz Peintinger, der soll auch hier in Arnfels wohnen. Er ist auch mit Ihrem Bruder eingerückt gewesen."

Weber: „Ja, der wohnt gleich da drüben, da können sie ihr Auto hier stehen lassen, in einer Minute sind sie bei ihm, ich sehe sogar sein Auto, er ist zu Hause, wie es aussieht."

Bischof: „Danke, na dann sehen wir uns später noch einmal."

Nun müsst ihr wissen, früher war das ja nicht so, dass die jungen Soldaten in die nächste Kaserne eingezogen wurden, sie neun Monate ihrem Dienst nachgegangen und am Wochenende nach Hause gekommen sind. Bei vielen wurde darauf geachtet, dass sie schön weit weg von zu Hause waren. Der Sinn dahinter ist mir allerdings immer verborgen geblieben, denn bei jeder Grundausbildung hat es zumindest einen Toten bei der Heim- oder Anreise gegeben. Das ist jedenfalls bis in die 1990er Jahre so gegangen, und wenn man damals in eine solche Kaserne gekommen ist, dann war da ein Geistlicher, der am Anfang zu den Leuten gesprochen hat, und zwar in dieser Art: „Heute sind hier 300 junge Männer eingerückt, und es gibt niemals ein Abrüsten, wo danach nicht zumindest ein junger Mann ums Leben kommt. Meist sind es Autounfälle, die das junge Leben zerstören. Auch von euch wird in ein paar Monaten wahrscheinlich einer nicht mehr unter uns sein. Deshalb seid vorsichtig und passt aufeinander auf." Der Geistliche hatte Recht behalten, allerdings kam der Eine wegen einer Mordanklage hinter Gitter. Heute gibt es die Kaserne nicht mehr, und die jungen Leute müssen auch nicht mehr hunderte Kilometer zu den Kasernen anreisen. Außerdem gibt es auch beim Heer heute die Fünftagewoche.

Im Gegensatz zum Weber war der Peintinger in Sachen Fotos top ausgerüstet. Er hatte hunderte Bilder von Einsätzen und auch aus den Unterkünften und jetzt kommt es, der Pöllibauer und der Reinhold Weber waren nicht nur in der gleichen Kompanie, nein, die hatten sich auch noch das gleiche Zimmer geteilt. Der Bischof wusste das ja noch aus seiner alten Zeit, die Zimmerbelegung war immer alphabetisch geordnet, und so 15 Leute waren schon in einem untergebracht. Das ist zwar eher unüblich, dass ein hartes P und ein W in einem Zimmer waren, aber da war es halt so.

Die Fotos des Peintinger Franz logen nicht. Fein säuberlich, in kleinen Kisten geordnet und auf der Rückseite beschriftet, hatte der Peintinger alles zu bieten, was sich ein Kriminalist so wünscht. Jetzt siehe da, die beiden waren nicht nur im gleichen Zimmer, nein, sie waren auch noch dick befreundet, soweit man Bundesheerfreundschaften überhaupt als Freundschaften bezeichnen konnte. Denn oft schwor man sich in diesen Monaten ewigen Zusammenhalt, und ein paar Monate später traf man sich wieder und die Leute hatten sich nichts mehr zu sagen. Die verklärte Blutsbrüder-Romantik war oft schnell vergessen, nicht so wie bei Old Shatterhand und

Winnetou, die sich auf Lebenszeit die Treue geschworen und gemeinsam auf ihren Pferden Hatatitla und Iltschi durch die jugoslawische Prärie geritten sind.

Der Peintinger konnte sich auch noch genau daran erinnern, dass der Weber und der Lendner unzertrennliche Freunde waren, die durch dick und dünn gegangen sind, und als das dann alles passierte und der Weber eingesperrt worden ist, war der Lendner wie ein anderer Mensch, was unter diesen Umständen völlig verständlich war.

Nach dem Bundesheer waren laut Peintinger die jungen Männer in ihr altes Leben zurückgekehrt, bis auf den Weber, weil der wurde dann 1971 wegen Mordes verurteilt. Dann hat man ihn nach Graz in die Karlau überstellt. Was da passiert ist, habe ich euch ja schon erzählt. Die Eltern vom Weber haben sich nie von diesem Wahnsinn erholt. Der Vater ist dann 1980 an einem Schlaganfall und die Mutter 2012 an Krebs gestorben. Beide waren sehr verbitterte Menschen geworden, die völlig zurückgezogen in ihrem kleinen Bauernhof gelebt hatten, versorgt von Anton, ihrem zweiten Sohn.

Als der Bischof zu Webers Haus zurückkehrte, um ins Auto zu steigen, rief ihm Weber aus der Garage zu, ob er nicht doch noch kurz Zeit hätte, er müsse ihm noch etwas zeigen, das wäre ihm jetzt erst eingefallen, und es wäre von außerordentlicher Wichtigkeit. Der Bischof war natürlich gespannt. Er sperrte das Auto ab und marschierte in die Garage. Der Weber fragte den Bischof, ob er nicht auf einen Kaffee bleiben wollte, und der war froh, endlich einen Koffein-Schub zu bekommen. Solche Befragungen sind ja mit der Zeit sehr anstrengend, besonders wenn man alleine unterwegs ist. Er nahm das Angebot deshalb gerne an. Sie gingen in die Küche, ein winziger Raum für den der Tisch eigentlich zu groß war, an dem der Bischof nun Platz nahm, während der Weber die Kaffeemaschine startete. Die Kaffeemaschine schien das Modernste in diesem Hause zu sein. Der Weber gab sich aber richtig Mühe, er wärmte die Milch auf und schüttete sie in ein Milchkännchen, und der Zucker war nicht wie bei so manchen Junggesellen im Papier, sondern auch der hatte eine eigene Dose.

„Danke für ihre Mühe, aber ich nehme den Kaffee sowieso lieber schwarz.", meinte der Bischof, und der Weber schüttete die Milch in seinen eigenen Kaffee und zuckerte ihn so, dass man dachte, der Löffel müsste beim Umrühren steckenbleiben.

Weber: „Laktoseintoleranz?"

Bischof: „Ja, ist vor ein paar Monaten festgestellt worden. Der Arzt hat mir gesagt, Milch ist für Kuhbabys und nicht für Menschen bestimmt. Wir Menschen mussten erst ein Enzym entwickeln, um sie zu vertragen. Darum gibt es im asiatischen Raum, in dem keine Kuhmilch getrunken wird, keinen Brustkrebs bei den Frauen, das haben sie erst jetzt herausgefunden, bei so einer Studie. Bei Asiatinnen, die nach Amerika ausgewandert sind und dort dann Milch getrunken haben, war die Brustkrebsrate gleich hoch wie bei den alteingesessenen Amerikanerinnen. Man schätzt, dass zirka 75% der Weltbevölkerung Milch nicht vertragen. Jedenfalls wird sie mittlerweile von vielen Medizinern sehr kritisch betrachtet. Aber das ist sicherlich nicht der Grund, warum sie mich jetzt gebeten haben reinzukommen, oder?"

Weber: „Nein, der Grund, warum ich sie noch gebeten habe hier zu bleiben ist der, ich möchte ihnen nämlich noch etwas zeigen, aber erst nach dem Kaffee. Zuerst möchte ich ihnen noch erzählen, was ich mir wegen dem Fall, den sie gerade bearbeiten, so denke."

Der Bischof, wenn er könnte, hätte jetzt die Ohren gespitzt: „Bitte, erzählen sie!"

Weber: „Ich glaube, dass ihr Mord mit dem Mord vor 44 Jahren etwas zu tun hat. Ich glaube, dass mein Bruder unschuldig im Gefängnis gesessen ist. Was denken sie darüber?"

Bischof: „Ich glaube an unsere Gerichte und an die Richtigkeit der Ermittlungen und an die Gerechtigkeit beim Urteil."

Weber: „Was macht sie da so sicher? Mein Bruder war kein Mörder, das und nur das ist sicher."

Bischof: „Und was macht sie da so sicher?"

Weber: „Weil ich es weiß, mehr kann ich nicht sagen."

Bischof: „Das bringt uns jetzt aber auch nicht weiter, wenn sie etwas wissen, dann sollten sie es auch sagen."

Weber: „Warum sollte ich? Ihr Polizisten habt ja meinen Bruder mindestens so am Gewissen, wie der Richter, der ihn verurteilt hat. Mein Bruder hat mehrmals das Geständnis widerrufen."

Bischof: „Mich können sie hier rausnehmen,

ich war damals noch nicht bei der Polizei."

Weber: „Ich weiß, aber ihr seid doch alle gleich, ihr haltet doch zusammen, wenn es sein muss, gleich wie ihre Kollegen damals, als sie das Geständnis aus meinem Bruder rausgeprügelt haben."

Bischof: „Herr Weber, nochmals, lassen sie mich bitte aus dem Spiel, ich habe ihren Bruder nicht eingesperrt, und ich hatte mit dem damaligen Fall nichts, aber auch gar nichts zu tun. Ich war da nicht einmal bei der Polizei."

Der Weber saß gegenüber vom Bischof und starrte auf die Tischplatte, und als er plötzlich ganz ruhig aufstand, zog er mit einer Hand den Tisch zur Seite, so dass dieser mit einem lauten Knall gegen die Wand prallte, und mit der zweiten holte er sich den Bischof am Kragen herbei. Der Weber zog den Bischof zu sich hoch, so dass dieser nur noch ganz leicht mit den Zehenspitzen den Boden berührte, fast so wie früher, als ihn sein damaliger Volksschullehrer an den Ohren hochgezogen hatte, auch da musste er darum kämpfen, dass die Zehen noch weiter den Boden berührten. Nase an Nase standen die beiden jetzt da.

Weber: „So Kibara, jetzt erzähle ich dir einmal etwas, aber zuerst gibst mir deine Pistole."

Mit einem schnellen Griff holte er die Waffe aus dem Pistolenhalter vom Bischof, der geschockt den Weber anstarrte.

„Schau Kibara, jetzt bist du ganz alleine und leise, nicht? Wie es mein Bruder damals war", meinte der Weber mit einem verächtlichen Lachen.

Bischof: „Was wollen sie, lassen sie das, das

bringt ihnen nur Schwierigkeiten ein, das wissen sie!"

Weber: „Schwierigkeiten? Sie wissen gar nicht, was das ist, solche kleinen Scheißer wie du haben meine ganze Familie am Gewissen. Würdet ihr eure Arbeit anständig machen, hätten wir ein ganz normales Leben geführt, aber jetzt kommt die Zeit der Abrechnung und mit dir, Kibara, fange ich an. Was denkst du dir, du kleines Arschloch, hierher zu kommen und die Frechheit zu besitzen, mich über meinen Bruder auszufragen?"

Der Bischof starrte auf seine Pistole, noch nie hatte er sie aus den Händen gegeben. Verzweiflung machte sich in ihm breit. Da stand er hoffnungslos unterlegen vor diesem Mann, auch gegen einen Weber ohne Waffe hätte er keine Chance gehabt.

Bischof: „Was wollen sie jetzt? Hören sie auf mit dem Blödsinn!"

Weber: „Die Autoschlüssel!", meinte er mit einer unmissverständlichen Handbewegung Richtung Bischof, der ihm gleich die Schlüssel gab.

Bischof: „Und was jetzt? Was glauben sie, wie lange es dauert, dass meine Kollegen misstrauisch werden? Eine Stunde oder zwei? Sie haben keine Chance, außer sie beenden jetzt sofort diesen Blödsinn." Natürlich war das ein eher verzweifelter Versuch, den Weber zu verunsichern. Es gab keine Vereinbarung, dass er sich nach der Arnfels-Fahrt zurückmelden sollte.

Weber: „Gusch Kibara!" Während er diese zwei Worte aussprach, fuhr seine Hand aus, mit dem

Handrücken in Bischofs Gesicht, der sofort umfiel. Er spürte, wie es warm aus seiner Nasse tropfte.

Weber: „Und jetzt Kibara? Jetzt schaust du nur dumm!"

Der Weber reichte dem Bischof die Hand, die dieser annahm. Er half ihm auf, doch kurz bevor der Bischof stand, bekam er wieder einen Schlag ins Gesicht. Das Blut spritzte über den Tisch, und Bischof fiel unter diesen, nicht ohne dass er davor mit dem Kopf auf die Tischkante auffiel. Es machte einen lauten Knall und um den Bischof herum wurde es finster.

Vielleicht kennt ihr das ja, Stromausfall, und plötzlich herrschen absolute Dunkelheit und Stille. So könnte man sich den Tod vorstellen, wenn man den bewusst wahrnehmen würde. So ist es dem Bischof ein paar Stunden später ergangen. Zuerst war da eine Panik, die Dunkelheit machte ihm Angst, er hatte Angst, von dem Schlag und von dem Aufprall erblindet zu sein. Der Bischof versuchte aufzustehen, doch er scheiterte, er war noch immer benommen. Dann versuchte er sich im Dunkeln vorzutasten, auf den Knien mit den ausgestreckten Händen stieß er an einen Sessel und schließlich an eine Wand. Bischof versuchte ein Fenster oder eine Türe zu ertasten, doch da war nichts, er war noch zu mitgenommen, um sich zu orientieren. Er setzte sich hin, und was ihm da für Gedanken gekommen sind - ganz eigenartig. Ich kann mir seine Gedanken nur so vorstellen, weil der Bischof dem Tod ins Auge gesehen und im ersten Augenblick wirklich gedacht hatte, gestorben zu sein.

Jedenfalls dachte er an den Bestatter, der bei

seiner Oma im Wirtshaus immer an der Theke gesessen war, mit seinem schmierigen, grauen Arbeitsmantel. Der Bischof wollte damals schon nicht wissen, was der Mantel alles miterlebt hatte. Aber der Bestatter erzählte seinen Erlebnissen, die er in den vielen Jahrzehnten in seinem Beruf gehabt hatte. Vor allem waren dem Bischof die Geschichten über die Leichen in Erinnerung geblieben, die anscheinend lebendig begraben worden waren. Wenn die Gräber nach vielen Jahren aufgelassen wurden, hieß das ja nicht, dass sich der Inhaber des Grabes vollständig aufgelöst hatte, quasi auferstanden war, nein, da konnte man teilweise mumifizierte Leichen finden, denn ihr müsst wissen, in der Mitte des letzten Jahrhunderts haben sie Särge für die Ewigkeit gebaut, da ist eine Bauernstubn vom Tischler nichts dagegen. Und um die ganze Sache noch mehr ewig zu machen haben sie die Toten teilweise noch in Plastik eingepackt, wegen der Hygiene, hat man damals gedacht. Wenn dann 20 Jahre später jemand das Grab nachmieten wollte, dann waren manchmal schwierige Situationen zu meistern, weil eben der gute alte Onkel noch immer frisch erhalten aus dem Grab lachte, Leichenlipidbildung nennt man das. Aber das Lachen verging einem, wenn der Leichenmensch erzählte, dass manchmal zerkratzte Innenseiten von Särgen gefunden worden waren, an denen noch die Fingernägel von dem vermeintlich Verstorbenen klebten - ein schreckliches Ende.

Im Mittelalter hatte es aus Angst vor dem lebendig begraben werden solche Glocken gegeben, die mit dem Toten im Sarg verbunden waren, für den

Fall, dass er, wenn er doch nochmal munter werden würde, Alarm geben konnte. Der Bischof dachte sich gerade: „Und wenn die Schnur zum Läuten reißt?" Jedenfalls mussten laut dem Leichenmenschen die alten Särge weniger haltbar gemacht werden, und so wurden sie einfach mit Werkzeug löchrig geschlagen, um wenigstens ein paar Jahre später die Chance zu haben, jemanden im Grab zu bestatten.

Der Leichenfledderer, so nannten ihn die Leute übrigens auch, sammelte nebenbei gerne Gold und Schmuck. Woher er seine ganzen Schätze hatte, darüber wurde allerdings nur hinter vorgehaltener Hand gesprochen. Mit solchen Gedanken beschäftigte sich der Bischof in der absoluten Stille und absoluten Dunkelheit. Er hat sich dann wirklich in den Arm gezwickt, um zu fühlen, ob er noch am Leben war. Dann fuhr er mit der Hand vor seinen Augen hin und her, um wenigstens Schatten wahrzunehmen. Nichts – finster! War er erblindet? Er fing an zu schreien, doch es war sinnlos – niemand hörte ihn. In diesem Moment wünschte sich der Bischof das erste Mal in seinem Leben, dass er in seinem erlernten Beruf geblieben wäre.

Der Bischof war ja nicht als Kriminalbeamter geboren worden, nein, der hatte früher einmal wirklich einen Beruf erlernt. Erst nach dem Bundesheer hat er sich bei der Polizei beworben. Aber eigentlich hatte er auch nie Koch werden wollen - schon in der Schule ist er ein begnadeter Zeichner gewesen. Der konnte den Bundeskanzler schon in der Hauptschule zeichnen, da hatten die Lehrer gedacht, das gibt es gar nicht, dass das ein

Elfjähriger zeichnen kann. Aber der Bischof hatte ein echtes Talent dafür gehabt. Der hat mit ein paar Strichen einen Prominenten gezeichnet, dass jeder Mensch wusste, wer das war.

Es heißt ja, jeder kommt mit einem Talent auf die Welt. Das Problem dabei ist, dass viele es nicht erkennen oder es von den Erwachsenen verschüttet wird, weil es dann schon zum Kleinkind heißt: „Das wird nichts!" Dann passiert es schon, dass aus einem talentierten Zeichner ein zum Beispiel „patscherter" Installateur wird, über den sich alle immer nur ärgern. Weil er aber sein Talent nicht erkannt hat, bleibt er bei seinem Handwerk und muss damit leben, dass er eben nichts Besonderes ist und schon gar nichts Besonderes kann. Das ist halt so im Leben.

Der Nächste denkt, dass er was Besonderes ist und hat nicht einmal die Hälfte von dem Talent des Installateurs, der wird aber durch das geschickte Vermarkten seiner Arbeiten berühmt. Der wusste schon als Junger, wie er seine Werke gut präsentiert und wie man es schafft, dass einem die Medien auf die Finger schauen und die Leute bei den Ausstellungen dann mit offenem Mund dastehen und den Künstler wie einen kleinen Gott anbeten.

Da würde sich jetzt keiner etwas anderes sagen getrauen, dass er den Sessel schon in der Volksschule genauso schön hätte zeichnen können. Weil der große Künstler steht ein paar Meter weiter mit langem Bart und Brille, und reden kann der, da ist man lieber still und bestaunt die Werke und wundert sich. Der eine, der gerade mit der Rohrzange aus dem

Klo gekommen ist, weil ein Freund des Künstlers soeben die Abflussrohre verstopft hat, der hat eben den Auftrag, das Abflussrohr von den Stoffresten zu befreien, weil der Gast und Künstlerfreund dies als Metapher für die Sintflut verstanden haben wollte. Als das Wasser mit den Klopapierstückchen über den roten Teppich vom ersten Stock herunter geronnen ist, war allen klar, auch der Künstlerfreund war ein großer Könner und Provokateur, weil Kunst muss provozieren und kann und darf nicht beim Musikantenstadl enden. Dabei hätte gerade dieser Installateur ein großes künstlerisches Talent gehabt, aber die Leute applaudieren dem Abfluss-Verstopfungskünstler, so ist das halt im Leben. Es ist nicht immer gerecht.

Ihr werdet euch sicher fragen, wie der Bischof jetzt eigentlich so war, als Mensch und so, oder wie er aussah. Nun, ihr müsst ihn euch so vorstellen. Er war keiner, dem man auf der Straße begegnet, und bevor er noch an einem vorbei ist, hat man ihn schon vergessen. Wenn man ihn kannte, dann konnte er sich ins Gedächtnis einbrennen, und zwar für immer. Denn er war ein kluger Mann, der durchaus Humor besaß und Menschen auch unterhalten konnte. Aber die meiste Zeit ist er halt ein Inspektor gewesen, und da ist es nicht so einfach, aus sich herauszugehen, weil da muss man schon seriös wirken, weil die Leute denken sich ansonsten ja sofort nur das Schlechteste von einem. Der Bischof war also schon sehr darauf bedacht, ein gutes Bild abzugeben, und trotzdem war er authentisch, nicht so wie der eine Kommissar im Fernsehen, der immer so überheblich ist und dann versucht, im Dialekt zu reden, weil es so lässig wirkt, aber die Leute bemerken natürlich beim ersten Satz, dass der im echten Leben nicht im Dialekt redet, und wenn er am Abend bei den Nachrichten eingeladen wird, um seine Meinung zur Lage der Nation abzugeben und dann plötzlich wieder hochdeutsch redet, dann erkennt man sofort seine wahre Sprache. Nein, die Leute sind nicht blöd, sie lassen sich von solchen Kasperln nicht gerne verarschen, auch wenn diese noch so oft im Fernsehen gezeigt werden.

Wenn so einer dann da sitzt, mit einer versteinerten Miene, um damit seinen Intellekt zu unterstreichen und um seinen Worten noch mehr Bedeutung zukommen zu lassen, das wirkt halt dann nur peinlich. Mehr mögen tun sie ihn wegen seinen Auftritten trotzdem nicht, denn man spürt schon, ob jemand ins Fernsehen kommt, weil er gut ist oder nur deshalb, weil er ständig Werbung für eine Partei in der Regierung macht und deshalb zu seiner penetranten Medienpräsenz kommt. In der Steiermark sagen die Leute dann immer: „I kaunn des Gfriss neamma sehn.", was so viel bedeutet wie, „Ich kann diese Fresse nicht mehr sehen".

Nein, so einer war der Bischof sicherlich nicht, man konnte schon sagen, dass ihn die meisten Leute mochten, auch wenn er beruflich natürlich dazu verdammt war, den ganzen Tag Fragen zu stellen. Wenn man so einen Beruf wie der Bischof hat, dann geht man am Abend nicht aus dem Büro und schaltet das Hirn auf Feierabend um, wie einen Lichtschalter, nein, beim Bischof ratterte es weiter, bis spät in die Nacht. Als Bub wollte er ja neben Zeichner immer Musiker werden, denn zu seiner Zeit, kurz bevor er in die Pubertät kam, hat es den Jimi Hendrix gegeben, und den hat der kleine Bischof vergöttert. Nicht nur, weil er so ein toller Musiker war, er mochte ihn auch wegen seinem verrückten Aussehen, und weil der Pfarrer und sein Lehrer immer wieder betont hatten, dass dieser Jimi Hendrix der Teufel persönlich gewesen sein soll. Das gefiel dem Bischof damals natürlich, denn die beiden, die das behaupteten, waren im Nebenberuf Kinderschläger gewesen, und alleine schon deshalb mochte er den Hendrix, weil sie ihn hassten.

Was der aber so auf der Langspielplatte sang, von dem hatte er natürlich damals keine Ahnung, weil der hat ja nur Englisch gesungen und in Eibiswald wurde nur Steirisch geredet, ohne das jetzt abwerten zu wollen. Die Steirer können jetzt ja auch nichts dafür, dass sich das Englische weiter verbreitet hat als das Steirische, das heißt aber nicht, dass es wegen dem irgendwie minderwertiger ist, denn man kann natürlich auf Englisch genauso einen Schwachsinn daherreden oder singen wie in der steirischen Sprache und umgekehrt auch. Jedenfalls war dem Bischof seine Musikerkarriere schon in der Volksschule vom Mesner und gleichzeitigen Klassenvorstand unterbunden worden, mit den pädagogisch wertvollen Worten, „Bischof! Du bist wohl vom bösen Schwein gebissen, du bist nichts und aus dir wird nichts!", und das alles nur, weil er damals bei diesem Kanon nicht den richtigen Einsatz gefunden hatte und fast wie eine Solo-Stimme im

Klassenchor hervorgetreten war. Das war für die anderen Kinder zwar sehr lustig, aber so als kleiner Knirps glaubst du natürlich fast alles, was dir so ein Klassenvorstand eintrichtert, und so hatte der Bischof aufgehört zu singen und die kleine Gitarre, die ihm das Christkind ein paar Monate zuvor gebracht hatte, schlug er im echten Rockstar-Gehabe zu Kleinholz.

Der Bischof war einer der Ersten, die das machten, nur leider fehlte ihm die Bühne für seine Performance, und die einzige Zuseherin war seine Mutter, die gar nicht erfreut über das künstlerische Wirken ihres Sprösslings gewesen war. Vielleicht hätte er doch Schlagzeuger werden sollen, wer weiß das schon, was aus ihm dann geworden wäre? Wie er dann später als Erwachsener einmal gelesen hatte, wäre er wohl für den absoluten Superstar zu groß gewesen. Denn wie hieß das so schön, Zwergsteirer waren sie fast alle, diese Weltstars. Der Jimi Hendrix war mit seinen 1,80 m schon ein Riese zwischen denen. Der Bob Dylan 1,71 m, Bob Marley 1,72 m, Brian Jones 1,68 m, Kurt Cobain 1,75 m – aber der ist ja damals gerade einmal auf die Welt gekommen. Der Bischof war aber fast 1,90 m groß, und so einen Star findet man kaum auf der Bühne. Der Chuck Berry war mit seinen 1,87 m schon eine Ausnahmeerscheinung. Aber mit dem wollte sich der Bischof auch wieder nicht vergleichen, weil der war ja nicht nur einmal auf der anderen Seite des Gesetzes gestanden, und der Bischof hatte schon als Kind einen ausgeprägten Sinn für Gerechtigkeit gehabt. Jedenfalls hat der Bischof gleich nach der Pflichtschule mit einer Kochlehre begonnen. Weil

Köche braucht man immer, hat es geheißen, egal wie schlecht die Wirtschaft läuft, essen müssen sie immer, die Leute. Aber der Bischof hatte das eigentlich nie lernen wollen, weil interessiert hat es ihn überhaupt nicht. Aber damals war er schon froh, überhaupt einen Beruf lernen zu dürfen, und seine Eltern waren es auch, weil er wenigstens irgendetwas vorweisen konnte. Beim Bundesheer war der Kochberuf schon ein Vorteil gewesen, weil nach der Grundausbildung hatte der Bischof seinen Dienst im Offizierskasino absolvieren dürfen.

Wenn die anderen Wehrmänner am Abend verdreckt vom Feld heimgekommen sind und ihre Ausrüstung putzen mussten, da war der Bischof schon längst außer Dienst, außer die Offiziere haben gesoffen, was natürlich auch öfter vorgekommen ist, und manchmal musste er dann so einen besoffenen Oberleutnant auch nach Hause bringen.

Der Bischof hat damals gesehen und gelernt, dass man sich im Staatsdienst meistens nicht überanstrengen muss, um ein halbwegs komfortables Leben führen zu können, und so hat er nach dem Heer beschlossen, sich bei der Polizei zu melden, die neben der Gendarmerie am Land das höhere Ansehen hatte.

„Wennst für die Polizei zu blöd bist, dann gehst halt zur Gendarmerie", haben die Leute gesagt. Nicht, dass ihr jetzt denkt, dass der Bischof ein großer Ehrgeizler gewesen ist, nein gar nicht, aber als untauglich für die Polizei wollte er auch nicht gelten, und außerdem wollte er in die Stadt. Irgendwann hat sich dann die Chance aufgetan, zur Kripo zu kommen und nebenbei hat er die Beamten-Matura absolviert. Die B-Matura hat das damals geheißen. Sportlich war er ja auch, die Leistungstests hat er immer ohne Probleme bestanden, wo sich die etwas stärkeren Kollegen quälen mussten, da hatte er keine Mühe, obwohl er damals noch Raucher gewesen ist.

Ja, dann bleibt wohl nur noch das eine Thema: der Bischof und die Frauen. Die hat es auch gegeben, und gar nicht so wenige. Aber davon erzähle ich euch gerne ein andermal. Nur so viel, er war schon so einer, den die Frauen mochten, weil er so eine ruhige Ausstrahlung hatte und groß und sportlich wirkte. Das mögen sie, dazu hatte er auch noch schöne Augen und die haben wohl so manche Frau verzaubert. Ein Frauenversteher-Typ war er halt, und wenn du so einer bist, dann musst du dich nicht großartig anstrengen, um bei einer zu landen. Vor allem bei der männlichen Konkurrenz, mit der der Bischof meist zu tun hatte. Weil in seiner jungen Polizisten-Zeit, da war das Macho-Gehabe bei der Polizei schon noch groß im Trend, da war er schon eine rühmliche Ausnahme. Erst viel später, als die ersten Damen in den Dienst eintraten, hat sich das allmählich gebessert.

Der Kiendl fuhr gerade Richtung Büro und telefonierte mit dem Verwalter des Polizeiarchivs. Er wollte mehr über diesen Fall wissen. Der Kiendl hatte ja so einen Leitsatz, „Hilft es nichts, schadet es nichts", und an dem hielt er bis heute fest. Manche seiner Kollegen fanden das etwas lästig, denn er konnte schon hartnäckig sein, fast so wie der Bischof, und wenn der Kiendl bemerkte, dass sich andere etwas sträubten, na dann wollte er seinen Willen noch mehr durchsetzen. Jedenfalls musste der Kiendl diesmal nicht lange warten. Noch bevor er beim Büro war, erreichte ihn schon der Rückruf einer Kollegin aus dem Archiv, und was er da zu hören bekam, war sehr überraschend.

Dort wird ja alles protokolliert. Wann, wo, wie, was und so weiter. Da verlässt kein Teil das Haus ohne Protokoll, und natürlich betritt es auch kein Mensch ohne irgendwo aufzuscheinen, und das war es. Stellt euch vor, vor ein paar Jahren ist jemand gekommen und hat sich genau für den Fall Kolaritsch interessiert, vor allem für die Tatwaffe.

Es ist damals gezielt nach der Tatwaffe gefragt worden und ob es die Möglichkeit gab, sich diese einmal auszuborgen für weitere Untersuchungen. Nun, das ist jetzt nicht so, dass da jeder einfach in ein Kriminalarchiv gehen und sich irgendetwas ausborgen kann und vielleicht auch noch Spuren verwischt, da gibt es schon ganz eigene Regeln. Aber derjenige war ein Journalist und mit dem Bekanntheitsgrad von diesem Journalisten war es etwas leichter, sich Dinge zu besorgen. Der Journalist hat Alfred Pokorny geheißen, aber das habt ihr euch wahrscheinlich schon gedacht. Jedenfalls hat er sich damals die Tatwaffe ausgeborgt, und zwei Monate später war sie wieder an ihrem Platz in Graz. Ein Buch über Österreichs Kriminalfälle der 70er Jahre wolle er schreiben, hatte er damals als Begründung angegeben, und den Pokorny kannte man einfach in Österreich, auch wenn man das bei seinem Begräbnis vielleicht nicht gespürt hat, bei den paar Leuten, die damals anwesend waren.

Was der Pokorny mit der Tatwaffe gemacht und wofür er sie benötigt hatte, davon stand allerdings nichts in den Akten. Was hatte er herausgefunden? Mehr als seltsam, dass er dann im Schweinestall eines ehemaligen Bundesheer-Zimmergenossen vom verurteilten Mörder Weber stirbt. Kiendl wusste, dass er dem Geheimnis auf der Spur war, aber um besser überlegen zu können, musste er erst seine Erkältung bekämpfen. Er hatte sich ja neulich beim Bischof bedankt, dass der ihn angesteckt hatte.

Er blieb bei der nächsten Apotheke stehen, holte sich ein bisschen Vitamin C und Meersalztropfen für seine verstopfte Nase, in der Hoffnung, seine Nebenhöhlen ein bisschen freizubekommen. Denn von dort aus verbreiteten sich rasende Kopfschmerzen. Er rief vom Auto aus den Luis an und bestellte sich vorab eine große Thermoskanne Tee. Er wollte, wenn er vom Grazer Büro dann wieder in die Oststeiermark fahren musste, nur noch zum Gasthaus und dann rauf ins Zimmer, um sich auszukurieren. Der Luis hatte es gut gemeint und neben die Thermoskanne noch eine halbe Flasche Schnaps gestellt, um den Genesungsprozess beim Kiendl zu beschleunigen. Dieser machte sogar einmal eine Ausnahme und gab bei jeder Tasse Tee ein paar Tropfen von Luis Spezial-Virentöter dazu. Wohl eher um den Tee damit etwas abzukühlen. Dann packte er sich in die Decken ein und versuchte zu schlafen.

Die Gedanken an den Pokorny ließen ihn

aber trotz Krankheit nicht in Ruhe. Er wusste, ein paar Schritte noch und der Fall könnte gelöst werden. Aber das müsste er morgen mit dem Bischof besprechen, und dann zeigte der Tee langsam seine Wirkung und Kiendl schlief ein.

Als es Morgen wurde und der Kiendl endlich ohne Schmerzen aufwachte, fühlte sich sein Kopf an, als könnte er wieder ohne Beeinträchtigung arbeiten. Wie neu geboren fühlte sich zwar anders an, aber zumindest war er ausgeschlafen und die Kopfschmerzen waren fast weg. Heute war wieder die morgendliche Besprechung angesagt und etwas überrascht musste der Kiendl bemerken, dass kein Kollege weit und breit zu sehen war.

„Den hat es wohl schwerer erwischt mit der Verkühlung, wahrscheinlich Grippe. Der hatte wohl nicht deinen Wundertee, Luis.", war der Kiendl schon wieder zu Scherzen aufgelegt. Er wählte dem Bischof seine Telefonnummer, doch der ging nicht ans Telefon.

„Ich glaube, den lassen wir heute in Ruhe, der war gestern ja schlimmer drauf als ich mit der Verkühlung, und das heißt was".

Der Luis wischte gerade den Boden auf, nebenan, im Fernsehzimmer, bei offener Türe, er meinte: „Ja, der wird sich schon melden, wenn er wieder fit ist. Spätestens am Montag ruft er an und dann seid ihr wieder bereit für die Mörderjagd."

Kiendl: „Ja, der ist sicher gleich von Arnfels nach Hause und hat sich ins Bett gelegt, recht hat er."

13

„Weißt schon das Neueste?", fragte der Grazer Kollege den Kiendl am Telefon und redete weiter, ohne auf dessen Antwort zu warten. „Den Weber haben sie angeschossen. Der liegt schwer verletzt in Wagna im Spital."

Das ist so eine Redensart, die der Kiendl gar nicht mochte. Aussagen wie „Den XY haben sie umgebracht" oder eben in diesem Fall „Den Weber haben sie angeschossen".

Mit dem konnte er gar nichts anfangen. „Haben sie. - Wer ist „sie" verdammt noch einmal – und wenn man es schon nicht weiß von wem, dann heißt es gefälligst, er wurde angeschossen", aber das dachte er sich nur, so etwas würde der Kiendl niemals zu seinen Kollegen sagen, aber sich leise ärgern, das konnte er schon gut.

„Wer hat ihn angeschossen?", fragte er deshalb leicht gereizt. „Ein Jäger, stell dir vor, der Weber, den der Bischof besucht hat, wurde von einem Jäger angeschossen."

Der Kiendl war etwas überfordert mit der Situation. „Absicht oder Unfall? Wer weiß da was?", fragte der Kiendl ungeduldig.

„Da müsstest schon beim Posten in Arnfels nachfragen, die haben da sämtliche Protokolle aufgenommen, aber es sind angeblich auch ein paar Kollegen aus Graz vor Ort gewesen.", meinte der

Kollege.

„Ok, dann werde ich da wohl runter müssen, wer ist der Jäger?", fragte der Kiendl nach.

„Du, alles bei den Arnfelsern nachfragen, ich habe es selber gerade erfahren.", schloss der Grazer.

Kiendl: „Hast du etwas vom Bischof gehört? Der war ja unten in Arnfels, hat er sich bei euch krank gemeldet?"

Der Kollege verneinte, aber der Kiendl dachte sich auch jetzt nichts weiter dabei. Es war ja schließlich nicht das erste Mal, dass wer krank wurde und sich einfach einen Tag Ruhe gönnte, wenn der Körper es verlangte.

Auf dem Weg in die Südsteiermark versuchte er noch telefonisch im Krankenhaus Auskunft über den Gesundheitszustand vom Weber zu bekommen. Er erfuhr aber nur, dass dessen Zustand ernst war. So beschloss er, zuerst ins Landeskrankenhaus Wagna zu fahren, um dort mit den Ärzten zu sprechen.

„Ein Schuss hat ihn im Beckenbereich getroffen und der zweite hat ihm die Schulter zerfetzt.", sagte der dort diensthabende Oberarzt.

„Wie, die Reihenfolge war Becken und dann Schulter?", wollte der Kiendl wissen.

„Nein, das wollte ich damit nicht sagen, diese Frage können wohl nur der Patient oder der Schütze beantworten.", erwiderte der Oberarzt.

„Den Schützen müssen sie auch nicht lange suchen, der liegt mit einem schweren Schock bei uns.", fügte er noch hinzu.

Kiendl: „Darf ich zu ihm?"

Oberarzt: „Nein, frühestens morgen."

Der Kiendl bedankte sich und fuhr weiter in Richtung Arnfels, wo er noch mit den Kollegen vom Posten reden wollte. Sie erzählten ihm von den ersten Aussagen des Jägers, die dieser unmittelbar nach den Schüssen gemacht hatte. Er sprach von Notwehr. Mehr konnten sie ihm auch noch nicht erzählen. Denn kurz darauf ist die Rettung mit ihm und dem Weber losgefahren.

„Könnten wir zum Tatort fahren?", bat der Kiendl einen Polizisten.

Sie blieben nicht weit von Webers Haus entfernt stehen. Ein Hochsitz stand dort und darunter konnte man noch deutlich die Spuren des Kampfes erkennen. Das flachgedrückte hohe Gras und auch die Blutspuren waren noch zu sehen.

„Also, wenn ich das jetzt richtig verstehe, wurde da jemand mit Gewalt aus dem Hochsitz geholt um am Boden den Kampf fortzusetzen, sehen sie das auch so?", fragte der Kiendl den begleitenden Beamten.

„Ja, so hätte ich das auch gesehen, und die Spurensicherung hat das laut Protokoll auch so bestätigt.", meinte der Beamte.

„Sie kennen ja den Weber, ist der irgendwann einmal auffällig gewesen?", fragte der Kiendl nach.

Beamter: „Nein, niemals, den kenne ich seit mindestens zwanzig Jahren, aber mit dem hat es nie Probleme gegeben. Nicht einmal an einen Strafzettel kann ich mich erinnern. Vielleicht ein bisschen ein Eigenbrötler - aber trotzdem okay."

Kiendl: „Wie erklären sie sich dann das hier?

Haben sich die beiden gekannt?"

Beamter: "Ja, bei uns kennt jeder jeden, das ist nun mal so hier."

Kiendl: "Dann frage ich mich, wie das hier passieren konnte!"

Der Polizist zuckte mit den Schultern und es schien ihm keine passende Antwort einzufallen.

Kiendl: "Na gut, dann bitte ich sie, mir Kopien von den Protokollen zu geben. Die Spurensicherung hat mir ihre schon zukommen lassen."

"Geduldig sein Norbert, geduldig sein", redete er jetzt so mit sich selber, und als er zwischen Leibnitz und Feldbach an einem großen Schlachthof vorbeifuhr, dachte er kurz an den Zittel, und dann sah er ein Graffiti direkt neben der Schlachterei. "Fleischessen ist unprovozierter Mord!", stand da, und der Kiendl hätte gerne den Menschen hinter dieser Botschaft kennengelernt, nicht aus beruflichen Gründen wegen der Schmiererei, nein, ihn interessierten die Leute dahinter. In Gedanken versunken fuhr er die Bundesstraße entlang und überlegte ernsthaft, in den nächsten Tagen kein Fleisch zu essen, und er beschloss, dann sofort damit anzufangen oder besser gesagt aufzuhören.

Der Luis staunte nicht schlecht, als er sein Abendessen wieder abservieren musste, denn der Kiendl war fest dazu entschlossen, sein Vorhaben in die Tat umzusetzen. Ein bisschen verärgert war der Luis, der war ja noch einer vom alten Schlag, da wurde nichts weggeworfen - Nachkriegsgeneration - die konnte noch sparen. Der Kiendl bekam einen extra großen Salat und als Nachspeise zauberte ihm der Luis noch ein paar Palatschinken auf den Teller. Der Jungvegetarier Kiendl war richtig selig und hatte das Gefühl, jetzt schon etwas Gutes getan zu haben.

Der nächste Tag begann für den Kiendl gleich zeitig in der Früh mit einem Anruf im Krankenhaus Wagna, doch er wurde mit einem Rückruf-Versprechen vertröstet. Er musste die Morgenvisite abwarten.

Endlich läutete Kiendls Telefon, der heißersehnte Anruf war am Display abzulesen. Der Oberarzt nahm sich die Zeit, um mit ihm zu reden. Eine rauchige Stimme war da am Telefon, ein langsam sprechender Mann, der wohl kurz vor seiner Pensionierung stehen musste.

Oberarzt: „Den Herrn Weber können sie in den nächsten Tagen vergessen, der liegt bei uns auf der Intensiv, den Jäger, den können sie schon heute Nachmittag befragen."

Kiendl: „Wird es der Weber schaffen?"

Oberarzt: „Wenn jetzt keine Komplikationen auftreten, ja. Allerdings wird er wohl eine Zeit brauchen, um wieder halbwegs gesund zu werden. Seine Schulter wird er wohl nie wieder wie gewohnt einsetzen können. Aber da will ich jetzt noch nicht viel dazu sagen."

Albert Kumpatsch hieß der Jäger, 76 Jahre alt, und wie der Weber war auch er aus Arnfels. Das hatte Kiendl von den Arnfelser Kollegen erfahren. Er war nicht in seinem Zimmer, als der Kiendl am Nachmittag endlich zur Befragung kommen konnte, das war ja einmal ein gutes Zeichen, denn dann war er so wie die meisten Leute entweder in der Kantine oder im Fernsehzimmer. Kiendl fragte sich durch und fand ihn in der Kantine bei einem Bier. Erschrocken sah Kumpatsch den Kiendl an, irgendwie fühlte er sich erwischt, denn gestern hatte er ja noch Beruhigungsmittel bekommen, nach diesem Vorfall mit dem Weber, und heute saß er gemütlich bei einem Bier. Er beruhigte sich aber gleich wieder, als er erfuhr, wer der Kiendl war. Der Oberarzt hatte ihn wohl vorsorglich schon angekündigt. Kiendl wollte behutsam vorgehen und fragte erst nach dessen Befinden, und wann er wieder nach Hause gehen dürfe. Er ging so vor, obwohl er Jäger überhaupt nicht ausstehen konnte, und dieser Kumpatsch war ein Prototyp eines Jägers. Man sah ihm seine Brutalität im Gesicht an, man sah ihm aber auch an, dass er gerne etwas zu viel trank. Nur der Kiendl war ein Profi, der konnte es gut verbergen, wenn er jemanden nicht mochte, aber dieser Jäger sah so aus, als ob es besser wäre, ihm kein Kind anzuvertrauen.

„Sie können mir glauben, Herr Inspektor, ich habe mich wehren müssen, der ist aus dem Nichts aufgetaucht und hat mich an den Füßen aus dem Hochsitz rausgezogen. Ich wusste gar nicht, was los war. Ich sitze dort ja sicher ein paar Mal im Monat, immer zum Sonnenuntergang, aber so etwas ist mir noch nie passiert.", sagte Kumpatsch, während der Bischof mitschrieb.

„Hatten sie mit ihm Streit, oder haben sie eine Erklärung für diese Aktion?", fragte der Kiendl, ohne sein Gesicht zu heben - vollste Konzentration auf den Notizblock.

Kumpatsch: „Nein, man kennt sich nur vom Sehen, der Weber ist ja eher ein Einzelgänger, und er wohnt ja auch alleine, da können sie alle fragen."

Kiendl: „Dann frage ich mich, was mit ihm los war, er wurde mir als ruhiger Mann beschrieben."

Kumpatsch: „Die Antwort kann ihnen wohl nur der Weber selbst geben."

Kiendl: „Denken sie scharf nach! Hat es irgendwann in der Vergangenheit einmal etwas gegeben, dass er eine persönliche Wut auf sie haben könnte?"

Kumpatsch: „Glauben sie mir, ich denke seit gestern über nichts anderes nach, aber ich habe absolut keine Idee."

Der Kiendl ließ den Jäger alleine, während dieser sein nächstes Bier bestellte. Kiendl aber wollte das Krankenhaus nicht verlassen, ohne den Weber gesehen zu haben. Endstation war bei der Glastüre, auf der „Zutritt verboten" stand. Es war die Intensivstation und nicht einmal die Polizeimarke vom Kiendl half da, hier durfte er nicht rein.

„Wenn alles gut läuft, können sie ihn Anfang nächster Woche besuchen und befragen", erklärte ein behandelnder Arzt.

Kiendl stieg ins Auto und ließ sich von den Kollegen ein Foto vom Weber aufs Telefon senden, er wollte gleich direkt zur Lendner weiterfahren, vielleicht kannten sich die beiden ja, oder vielleicht erkannte eines ihrer Kinder den Weber wieder. Doch Fehlanzeige, nichts, weder die Lendner noch ihre Kinder konnten sich an den Mann auf dem Foto erinnern.

Kiendl versuchte nun noch einmal, den Bischof anzurufen, irgendwie hatte er jetzt doch ein eigenartiges Gefühl, und er beschloss am Abend noch bei Bischofs Wohnung vorbeizufahren, um nach dem Rechten zu sehen. Als er am Abend vor der finsteren Wohnung stand, war dem Kiendl klar, dass da etwas passiert sein musste, und er rief sofort die Kollegen an, um sich nochmals bestätigen zu lassen, dass sich Bischof nach seiner Fahrt nach Arnfels nicht mehr zurückgemeldet hatte.

Mit dieser Bestätigung alarmierte er die Arnfelser Kollegen, sie sollten nachsehen, wo Bischofs Auto geblieben war. Die Arnfelser Kollegen fanden es hinter Webers Scheune. Der Kiendl raste nach dieser Nachricht mit Blaulicht Richtung Südsteiermark ins LKH Wagna, denn dorthin war mittlerweile auch der Bischof eingeliefert worden. Der Weber hatte ihn in seinem Keller eingesperrt. Mit keinem Wort hatte er erwähnt, dass er den Bischof gefangen gehalten hatte. Die Polizei hatte sich Zutritt verschafft und ihn schließlich gefunden. Mit einer leichten Kopfverletzung und einer Gehirnerschütterung ist er davongekommen. Er war noch geschwächt, weil er so viele Stunden ohne Flüssigkeit und Nahrung in diesem Verlies zugebracht hatte. Kurz hatte der Kiendl sogar mit ihm reden können.

Kiendl: „Gut, dass ich bei dir zu Hause vorbeigeschaut habe, ansonsten würdest du jetzt noch im Keller sitzen."

Der Bischof bedankte sich: „Ja, ich weiß nicht, was in Webers Schädel vorgegangen ist, der hat auf einmal umgeschaltet und ist rabiat geworden, so etwas habe ich noch nicht erlebt. Jedenfalls bin ich am Montag schon wieder hier, dienstlich, da kann ich dann den Weber befragen, oder ich bleibe gleich da übers Wochenende."

Kiendl: „Ich denke, du solltest dich ein bisschen schonen, meinst du nicht? Ich dachte, du hast Grippe."

Bischof: „Ich weiß nicht, ob mir der Schädel jetzt von der Grippe oder von der Tischkante brummt."

Kiendl: „Jedenfalls musst du dich jetzt erst einmal erholen, und ich muss jetzt leider los."

Der Bischof lächelte, weil er vom Rendezvous wusste, und er wünschte dem Kiendl viel Spaß.

14

Der Kiendl war aufgeregt wie ein Teenager, endlich war der Tag des Treffens mit der Trafikantin gekommen. Extra war er noch zum Friseur gegangen, um sich renovieren zu lassen, nur nicht zu viel, es sollte ja nicht auffallen, dass er mehr wollte, als nur dieses eine Treffen. Dem Kiendl fehlte ja jegliche Routine und Lockerheit in Liebesangelegenheiten. Sobald er bemerkte, dass das weibliche Gegenüber auch Interesse zeigte, war es normalerweise vorbei mit seiner Lässigkeit. Seine Hände begannen dann zu schwitzen, seine Stimme war anders und er musste aufpassen, nicht komplett gekünstelt aufzutreten.

„Guten Abend, die Dame", sagte der Kiendl, als er sie vor der Trafik traf. Die Trafikantin erkannte er kaum wieder. Eine richtig nette Erscheinung stand da vor ihm, und er hatte Selbstzweifel, ob er überhaupt fein genug angezogen war. Nicht, dass sie aufgebrezelt gewesen wäre, nein, sie war kaffeehaustauglich gekleidet, aber mit Stil. Es gibt ja Menschen, die müssen nicht einmal besonders schön sein, denen gibt man ein paar Kleidungsstücke in die Hand und sie verwandeln sich dann in eine attraktive Gestalt. Der Kiendl gehörte da nicht dazu. Er war eher der schlichte Jeans-Träger.

Im Cafe bestellten die beiden zwei Verlängerte, und die Trafikantin hatte auch plötzlich einen Namen.

„Ich bin übrigens die Claudia, die Brunner Claudia", sagte sie und streckte dem Kiendl die Hand hin.

„Ich bin der Norbert, Norbert Kiendl", erwiderte er.

Claudia: „Was macht eigentlich einer von der Mordkommission, wenn gerade einmal kein Mord passiert?"

Kiendl: „Naja, es gibt immer etwas zu tun, immer wieder passiert es, dass alte Fälle neu aufgerollt werden, oder man kümmert sich um Fälle, die vor langer Zeit passiert sind, und man versucht mit Hilfe neuester Techniken, den Fall nach Jahrzehnten zu klären. Das gelingt uns ja auch ab und zu."

Claudia: „Das klingt spannend."

Kiendl: „Es klingt spannender als es in Wirklichkeit ist. Wenn man einmal einen Mörder nach Jahren überführt und ihn aus dem Altersheim abholt, ist das ja nicht so befriedigend. Vielleicht für die Angehörigen der Opfer, eine späte Genugtuung sozusagen."

Claudia: „Trotzdem spannend, obwohl, ich könnte mit dem Leid dahinter nicht klarkommen, da sitze ich lieber in der Trafik", lächelte sie den Kiendl ins Gesicht.

Kiendl: „Das verstehe ich, wieso ist eigentlich so eine Frau Trafikantin Single?"

Claudia: „Ich bin die Claudia, ich glaube wir können ruhig du zueinander sagen, oder?"

Der Kiendl nahm das erleichtert zu Kenntnis. Es war ihm schon unangenehm, dauernd einer

Anrede auszuweichen. Normalerweise war er mit den Leuten ja gleich einmal beim persönlicheren „du", aber diesmal hatte er Hemmungen, und bei so einem ersten Ausgehen will man sich ja natürlich nur von der besten Seite zeigen.

„Um auf deine Frage zurückzukommen, ich bin jetzt schon ein paar Jahre alleine, für ein Kind hat mir immer der Richtige gefehlt, aber alleine sein ist ja auch nicht so schlecht. Niemand, der einem etwas Dreinreden will."

Der Kiendl schaute ihr das erste Mal in die Augen, sie hatte schöne, dunkle Augen und ihre Haare erinnerten ihn an so einem Film aus den 90ern, so wunderschöne Locken hatte sie. Bisschen mollig, aber trotzdem attraktiv.

„Und, was machst du privat so, du wirst ja nicht immer arbeiten, oder?"

Kiendl: „Ja, nichts Großartiges eigentlich. Am Wochenende gehe ich ins Stadion. Manchmal gehe ich in die Berge, und ab und zu gehe ich abends in die Stadt und treffe mich mit ein paar Leuten."

„Klingt aufregend", zwinkerte Claudia ihm zu.

Kiendl: „Ganz normal halt, würde ich jetzt sagen und was treibst du so, wenn du nicht gerade in der Trafik sitzt?"

Claudia: „Du, ich bin gerne zu Hause, schaue auf meinen Garten, liebe es Gemüse selbst anzubauen, tja und ab und zu - wie du - gehe ich auch gerne einmal etwas aus. Kino zum Beispiel, das mag ich gerne, aber nicht die großen Kinos, die sie da in den letzten 20 Jahren hin gebaut haben, ich mag die kleinen Kinos in Graz."

Kiendl: „Hm, das Schubert-Kino zum Beispiel, da gehe ich auch gerne hin oder ins Geidorf-Kino, da sollten wir beide einmal etwas ansehen, oder?"

Sie nickte lächelnd und zog ihre Augenbrauen etwas hoch. Jetzt bemerkte sogar der Kiendl, dass da eine gewisse Chance bestand, diese Bekanntschaft zu vertiefen.

Claudia: „Wie schaut es nächsten Samstag bei dir aus?"

Kiendl: „Wenn da jetzt beruflich nichts passiert, ja! Sehr gerne."

Der Kiendl spürte etwas, das er geglaubt hatte, nicht mehr spüren zu können, eine Aufregung, ein Bauchgefühl und Freude. Das war ihm schon lange nicht mehr passiert. Sie beschlossen, den Abend in einem anderen Lokal ausklingen zu lassen und spazierten anschließend noch über den Feldbacher Hauptplatz.

15

Bischof fuhr mit seinem Dienstauto Richtung Leibnitz. Endlich war er am Parkplatz des Krankenhauses angelangt, denn er hatte es sich nach seiner Einlieferung dann doch noch anders überlegt und sich vom Krankenhaus abholen lassen, um das Wochenende zu Hause zu verbringen. Er konnte sich noch erinnern, als ganz kleiner Bub hatte er hier einmal einen Liegegips verpasst bekommen, vom Gips-Johnny, der hieß wirklich so in diesem Krankenhaus. Damals war der Bischof ganz stolz darauf gewesen von diesem Gips-Johnny einen Gips bekommen zu haben. Viel schien sich hier nicht geändert zu haben. Die letzten Besuche waren auch schon lange her, seine Großmutter war ein paar Mal hier gewesen und die hatte er natürlich besucht.

Der Kiendl wartete schon am Parkplatz, und Bischof schüttelte nur lächelnd den Kopf. Neue Frisur, neues Gewand und total entspannt stand er da. Bischof kannte den Grund.

„Scheint ja gut verlaufen zu sein, dein Wochenende.", meinte er nicht ohne ironischen Unterton.

Kiendl: „Kann mich nicht beklagen, war gut, und deinem Kopf scheint es auch schon wieder besser zu gehen."

Das war es schon mit dem privaten Gedankenaustausch der beiden, während sie schnellen Schrittes Richtung Zimmer vom Weber marschierten. Sie warteten geduldig, bis die Morgenvisite vorbei war und passten den leitenden Arzt schon am Gang ab, um endlich zum Weber zu dürfen. Als sie dann durften war Bischofs Aufregung nicht zu übersehen, denn er hatte große Hoffnungen, den ganzen Fall über den Weber lösen zu können. Bischof hatte sogar eine Theorie, nur wusste er noch nicht, ob er dem Weber diese jetzt präsentieren sollte. Jedenfalls ließ Bischof einen Polizisten vor der Zimmertüre vom Weber Wache halten, was nach dessen Aktionen natürlich nicht ganz unverständlich war.

„Grüße sie, Herr Weber.", meinte der Bischof freundschaftlich, doch der hob nur seine gesunde Hand leicht zum Gruß.

Bischof: „Wie geht es ihnen, können sie mit mir reden?"

Weber: „Ja, reden kann ich, es tut nur alles ziemlich weh."

Bischof: „Was ist ihnen da eingefallen mit dem Jäger? Von mir will ich jetzt gar nicht sprechen."

Der Weber schwieg und starrte an die Decke. Man merkte, dass er ein schlechtes Gewissen dem Bischof gegenüber hatte. Auf einmal konnte er ihm nicht mehr in die Augen sehen, und der Blick nach oben war wohl auch ein Zeichen der Resignation.

Bischof: „Sie wissen, warum ich hier bin?"
Weber nickte.
Bischof: „Ich habe eine Theorie und ich werde auch die Beweise dazu liefern. Sie haben den Lendner umgebracht."

Der Weber schaute den Bischof entsetzt an. - „Wie kommen sie auf so einen Blödsinn?"

Bischof: „Der Vorfall mit dem Jäger, das hat doch ganz nach einem Selbstmordversuch ausgesehen."

Der Weber wandte sich ab und schaute wieder zur Decke hoch. Als würde er dort Punkte zählen, so konzentriert war er, und dann schaute er wieder zum Bischof und begann zu reden.

„Ich weiß, dass der Lendner damals die Freundin von meinem Bruder umgebracht hat, mein Bruder hat mir schon damals bei einem Besuch in der Karlau von seinem Verdacht erzählt. Nur ich hatte keine Beweise und konnte mich nicht rächen. Ich war damals ein junger Bursche, und dann war mein Bruder tot. Da war Rache angesagt, aber ich konnte mich nicht rächen, ich hätte das meinen Eltern nicht antun können, verstehen sie?" Der Weber erwartete keine Antwort, er sah nur das Nicken vom Bischof und redete weiter.

„Meine Eltern hätten dann ihren zweiten Sohn verloren, das hätte sie umgebracht, sie waren sowieso schon krank vor Trauer. Nichts war mehr so wie früher, und nie mehr würde es so werden wie es war. Verstehen sie? Keine Enkelkinder, kein Weihnachten mit leuchtenden Kinderaugen, nichts. Ich hatte ja nie eine Frau und auch keine Kinder, fragen sie mich nicht, warum, es hat nie gepasst. Wahrscheinlich bin ich zu sehr mit mir beschäftigt. Als aber meine Mutter gestorben ist, da wusste ich, es ist an der Zeit, es dem echten Mörder heimzuzahlen."

Bischof unterbrach ihn kurz: „Und dann

haben sie den Pokorny engagiert, nicht?"

Weber nickte und fuhr fort: „Ja, ich kannte ihn aus der Zeitung, und ich habe ein bisschen recherchiert über ihn, und dann dachte ich, das wäre doch eine Geschichte, der ist ja so ein Enthüllungs-Journalist, der ist der richtige Mann. Ich bin dann zu ihm nach Wien gefahren und habe ihm alles erzählt - Geld habe ich ihm auch angeboten. Er wollte natürlich wissen, warum ich nicht einfach zur Polizei gegangen bin, um dort den ganzen Fall noch einmal aufrollen zu lassen, aber ich habe es ihm mit ein paar Notlügen einreden können, dass das mit der Polizei nichts wird. Irgendwann hat er es mir dann abgenommen, außerdem war er ja total neugierig und scharf auf die Geschichte, und ich habe ihm sehr viel Geld gegeben, ich brauche ja selbst nicht viel, ich habe immer nur gespart, aber mir war die Aufklärung wichtig, ich wollte Klarheit, ich wollte wissen, ob mein Bruder wirklich unschuldig war."

Bischof: „Und dann hat der Pokorny mit seinen Beziehungen die Tatwaffe rausgeholt und untersuchen lassen."

Weber: „Ja, das war für mich die aufregendste Zeit seit mehr als 40 Jahren. Nichts habe ich mehr herbeigesehnt als den Tag, an dem der wahre Mörder überführt wird. Meine ganze Familie hatte der am Gewissen, und wer weiß, was ich heute für ein Leben führen würde, wäre mein Bruder damals nicht unschuldig eingesperrt worden."

Bischof: „Der Pokorny war natürlich ein Profi, ich nehme an, er hat die Tatwaffe irgendwo im Ausland analysieren lassen."

Weber: „Von dem gehe ich aus, er hat es mir aber nie gesagt, und als wir uns getroffen haben, wollte ich gleich den Lendner mit den Beweisen konfrontieren, doch der Pokorny wollte die absolute Top-Geschichte. Er wollte ein Interview mit dem Mörder, er wollte sich mit ihm treffen, eine dumme Idee, das habe ich ihm gleich gesagt, aber er wollte nicht auf mich hören. Er meinte nur, wir tarnen das Ganze als Recherche über Massentierhaltung in Österreich, um dann den Lendner zur Rede zu stellen. Interview mit einem Mörder oder so ähnlich hatte er das genannt."

Bischof: „Und warum dann die Tierschützer, ich meine, das wäre ja irgendwie unlogisch, da noch zumindest einen Fremden dabei zu haben."

Weber: „Er sagte mir, er wollte gleich zwei Geschichten daraus machen und mir war es egal. Dann hat er noch gemeint, dass es gut sei, wenn man jemanden dabei hätte, der sich in Schweineställen auskennt, wir mussten ja zum Abgleich mit der Tatwaffe noch an Haare kommen von dem Lendner. Da war der eine Tierschützer natürlich sehr nützlich. Er wusste ja nicht, dass wir eigentlich wegen einer anderen Geschichte unterwegs waren. Der Tierschützer hatte den Hof schon von früheren Recherchen her gekannt. Während er mit dem Pokorny im Stall war, bin ich zum Traktor, dort ist die Chance auf Haare besonders groß, dort habe ich den Sitz auf Spuren abgesucht. Ich habe dann zwei oder drei mitgenommen und bin verschwunden, der Tierschützer hat mich gar nie zu Gesicht bekommen. Der hatte ja sein eigenes Team dabei, auch vor denen konnte ich unbeobachtet bleiben. Das war beim ersten Besuch bei denen am Bauernhof. Ja, und dann wurde alles eingeschickt und ein paar Wochen später ist das Ergebnis zurückgekommen. Es war eindeutig. Der Mörder war der Lendner. Der hatte sich damals ja auch leicht verletzt bei dem Mord, da war es nach so langer Zeit mittels einer Blutspurenanalyse kein Problem, das festzustellen. Ich kann mir die schlampigen Ermittlungsarbeiten nur damit erklären, weil mein Bruder die Tat gestanden hatte."

Bischof: „Und weil der Pokorny seine Story noch immer nicht veröffentlicht hatte, gingen sie auch nicht gleich zur Polizei."

Der Weber nickte wieder und sprach ruhig weiter: „Ich wollte ihm seine Geschichte lassen oder besser gesagt seine Geschichten. Den Tierschützer benutzten wir nur. Der Pokorny hatte für den Abend, an dem dann alles passiert ist, mit dem Lendner ein Treffen in dessen Stall ausgemacht. Der stimmte überraschenderweise zu, obwohl er wusste, dass es sicher einen kritischen Bericht über die Tierhaltung geben würde. Aber wie gesagt, der Pokorny war ein Profi, der wusste schon, wie er Leute zu etwas bewegen konnte, er hatte ja mich auch zu Sachen bewogen, die ich ursprünglich gar nicht wollte, die Tierschützergeschichte zum Beispiel, das hätten wir auch einfacher haben können. Aber er war halt auch ein sturer Bock, und ich ließ ihn, er war ja schließlich mein einziger Hoffnungsschimmer nach so vielen Jahren. Er sagte nur „Zwei Stories sind besser als eine." Aber ich denke, er fühlte sich auch sicherer, wenn mehrere Leute in der Umgebung waren.

Jedenfalls war der Plan, dass der Tierschützer nichts von mir wissen sollte. Erst wurde beim Nachbarstall recherchiert und dann ist der Tierschützer alleine mit dem Pokorny zum Hof vom Lendner gekommen. Ich habe hinter dem Stall gewartet, dort war auch eine Türe. Der Pokorny hat das alles schon so getrickst, dass sie ein paar Minuten zu spät gekommen sind, damit der Lendner schon im Stall war, und der Tierschützer keinen Verdacht schöpfen konnte. Das ist ihm auch super gelungen, der Tierschützer hat jedenfalls brav den Haupteingang bewacht, und der Pokorny ist alleine in den Stall rein. Ich konnte das zuerst ja vom Dunkeln aus beobachten, und dann bin ich zum Hintereingang. Alles hat perfekt funktioniert, der Plan ging auf. Aber dann muss der Lendner durchgedreht haben, die waren ja nur fünf Meter von mir entfernt. Durch die Türe habe ich den Bauern kurz schreien gehört, und dann habe ich einen Knall gehört und bin sofort rein, und dann habe ich ihn gesehen, den Mörder, den Mann, der das Leben meiner ganzen Familie auf dem Gewissen hatte, und dann sah ich noch den Pokorny am Boden liegen mit einem eingeschlagenen Schädel, und ich habe rot gesehen. Ich habe den Bauern mit einem Schlag zu Boden gestreckt, das war nicht schwer, weil der war total überrascht, als die Tür aufging und dass da plötzlich ein Fremder vor ihm stand. Ich glaube ja, so klug der Pokorny beim Einfädeln von Geschichten war, der hat, glaube ich die Brutalität von dem Schweinebauern unterschätzt. Jedenfalls war mein Hass dann zügellos, er lag da ja vor mir am Boden und ich habe da dieses Seil gefunden, an dem normalerweise das Spielzeug für die Schweine befestigt ist, und ich habe ihm die Beine zusammengebunden, ich wollte die ganze Geschichte von ihm erfahren, an den Tierschützer habe ich gar nicht mehr gedacht in dem Moment. Ich habe noch den Haken an der Decke gesehen und dieses Arschloch mit meiner ganzen Kraft dort an den Füßen aufgehängt. Ich wollte ihn nicht umbringen, ich wollte mit ihm alleine sein und mit ihm reden. Ich meine, wie kann ein Mensch mit der Geschichte mehr als 40 Jahre lang leben, das ist doch nicht normal. Aber der hat nur herumgeschrien, und dann habe ich ihm eine mit dem Treibbrett mitgegeben, bis er bewusstlos war, doch der war zäh und er wurde bald wieder munter und fing wieder an zu schreien, diesmal habe ich ihm eine mit dem Holz da, mit dem Beschäftigungsmaterial für die Schweine, mitgegeben, da war es dann aus mit dem. Ich dachte, dass er wieder bewusstlos war. Plötzlich sah ich, wie die vordere Türe aufging, der Tierschützer ist reingekommen und wollte nachsehen. Ich flüchtete, und bis der sich orientieren konnte und das Ganze gesehen hat, bin ich schon mit dem Auto weggefahren. Das war die Geschichte. Aber umbringen wollte ich den Scheißkerl nicht, und dass ihn dann die Schweine so zurichten, von dem war ja nicht auszugehen, außerdem war ich sicher, dass der Tierschützer das schon melden würde, ich war sogar ganz sicher. Dass der dann in Panik davonläuft und sich unsichtbar macht, von dem konnte ich ja nicht ausgehen. Hätte ich das gewusst, hätte ich das Arschloch schon wieder vom Strick runter geholt.

Am nächsten Tag habe ich das Ganze dann im Radio gehört und ich habe einfach nur gedacht, „Scheiße". Aber Mitleid habe ich keines mit ihm gehabt, das hat er auch nicht verdient."

Bischof: „Der Lendner ist aber an ihren Schlägen gestorben, das hat das Obduktionsergebnis eindeutig ergeben - und warum musste der Ralf Berger sterben? Ich nehme an, da war Erpressung im Spiel."

Weber: „Ja, fragen sie mich nicht wie, aber irgendwie hatte der kleine Schnüffler es geschafft, an die Unterlagen vom Pokorny ranzukommen. Ich weiß ja nicht einmal, wo der das ganze Beweismaterial versteckt hatte, aber der Typ hat es gefunden und ist auf einmal bei mir zu Hause vor der Türe gestanden. Der verlangte einen Patzen Geld, das ich nicht einmal annähernd hatte. Ich habe fast meine ganzen Ersparnisse dem Pokorny gegeben. Jedenfalls hat er mir ein paar Tage Zeit gegeben und hat mich dann nach Feldbach rausbestellt. Er hat mir Koordinaten gegeben, die ich in mein Navi eingeben sollte. Genau dort sollte ich das Geld in einem Rucksack abstellen und danach verschwinden. Sie müssen verstehen, ich war verzweifelt, der hat mir die ganze Zeit mit der Polizei gedroht, und dann habe ich einen leeren Rucksack dort deponiert, das war ja neben so einer Bushaltestelle und da war nichts los. Der Typ war auch nicht zu sehen, und den Rucksack habe ich mit Zeitungen ausgestopft.

Wie der dann zu Fuß anmarschiert kam, sprang ich aus meinem Versteck und streckte ihn mit einem Stock nieder, den ich zuvor im Wald gefunden habe. Ich habe nur einmal zugeschlagen, der ist sofort zusammengebrochen und ich habe gleich gewusst, dass der nie mehr munter wird. Dann habe ich mein Auto geholt, ihn eingepackt und ihn dann neben den Bahngeleisen in den Büschen entsorgt. Ich hatte das Gefühl, dass da ewig nicht gemäht werden würde und ich hatte recht."

Bischof: „Hatten sie nie ein schlechtes Gewissen? Ich meine, sie haben zwei Menschen umgebracht, aber sie machten auf mich den Eindruck, dass sie nicht einmal einer Fliege etwas zu Leide tun können."

Weber: „Nein, bei den beiden nicht, der kleine Erpresser hat es auch nicht anders verdient, und jetzt werden sie mich sicher gleich fragen, was die Aktion mit dem Jäger für einen Sinn gehabt hat."

Bischof: „Ja, das wäre jetzt gekommen, erzählen sie bitte."

Weber: „Ich wollte die ganze Geschichte beenden, wie sie da plötzlich bei mir aufgetaucht sind, ich wusste, dass sie eine Spur finden würden, die dann zu mir führt, und da kam mir die Idee, einen speziellen Abgang zu machen. Wenn ich schon auf einem Rachefeldzug war, dann sollte wenigstens auch mein Abgang der Rache dienen. Der alte Kumpatsch war im ganzen Ort dafür bekannt, dass er Hunde und Katzen umbrachte, und als mein Bruder tot war, vielleicht zwei Jahre später, hat er unseren toten Toby auf den Hof der Eltern gebracht. Er hätte gewildert, hat der Kumpatsch behauptet. Verstehen sie, dieser Hund war mein einziger Freund, mein Alles, und dieses Arschloch erschießt ihn einfach und kommt auch noch auf den Hof und belehrt meine Eltern. Ich hasste den Typen von diesem Tag an. Ich habe ihn immer wieder gesehen, und er hat ständig freundlich gegrüßt, ich meine, der hatte ja viele Haustiere umgebracht, der konnte sich ja gar nicht mehr erinnern, dass mein Hund auch dabei war. Der hat einem ins Gesicht gesehen und freundlich gegrüßt, als ob nichts geschehen wäre, und dann ist mir die Idee mit meinem Abgang gekommen. Ich wollte ihn als Mörder dastehen lassen. Die Jäger sind ja heutzutage eh so im Verruf, da hätte ich meinen Toby auch noch rächen können, und ich wäre auch gleich erlöst gewesen. Ich wusste ja, wo der Kumpatsch immer am Hochstand sitzt, und so habe ich ihn abgepasst und erschreckt und ihn gleich aus dem Hochsitz herausgezogen. Ich habe darauf geachtet, dass er nicht seine Waffe verliert, der hat sie auch mit beiden Händen festgehalten. Ich bin immer wieder ein paar Meter von ihm weggegangen und habe jedes Mal Anlauf auf ihn genommen, der musste Todesangst gehabt haben, ich habe ihn angeschrien, „Schieß, du Feigling oder du hast deinen letzten Dreck geschissen, schieß endlich, du Arschloch.", und ich habe ihn jedes Mal geboxt. Er sollte wissen, dass ich es ernst meine. Nachdem ich ihm das dritte Mal mit dem Umbringen gedroht habe, hat er endlich seine Waffe gehoben und abgedrückt und dann noch einmal, ja, es war Pech, dass er nicht richtig getroffen hat. Jetzt liege ich hier und ich weiß, sie warten nur, bis ich gesund bin, dann sitze ich dort, wo mein Bruder gesessen ist, nur der war unschuldig."

Der Bischof wusste nicht, was er darauf

sagen sollte, er war sprachlos. Er fand den Doppelmörder sympathisch, aber gleichzeitig verabscheute er seine Taten. Ein bisschen ärgerte er sich auch noch über den Zittel. Der hatte verschwiegen, dass er mit dem Pokorny mindestens zwei Mal im Stall gewesen war. Als er das Krankenhaus verließ, dachte der Bischof noch bei sich, wie er selbst sich wohl verhalten hätte, wenn ihm so ein Schicksal widerfahren wäre? Nur langsam machte sich die Befriedigung über den gelösten Fall breit und er zögerte lange, den Kiendl anzurufen, dass dieser eine Pressekonferenz einberufen sollte. Der Kiendl war ja in der Zwischenzeit beim Jäger, um ein endgültiges Protokoll aufzunehmen. Er war über das Geständnis nicht überrascht gewesen, denn der Bischof machte aus seinen Gedanken keine Geheimnisse und hoffte natürlich, dass der Besuch wohl mit einem Geständnis enden würde, aber es überraschte ihn, einen nachdenklichen Bischof am Telefon zu haben.

Ein gelöster Dreifachmord, da gibt es normalerweise etwas zu feiern. Nur diesmal war halt alles etwas anders, und als der Bischof am nächsten Tag noch einen Anruf aus dem LKH Wagna bekam und ihm die Nachricht vom Tod Webers übermittelt wurde, war jede Feierlaune dahin.

Der Weber, müsst ihr wissen, wurde ja bewacht, der konnte nicht einfach bei der Türe raus, schon gar nicht mit seinen Verletzungen, aber er hatte die Kraft, sich irgendwie zum Fenster zu hanteln und er stürzte sich aus dem dritten Stock, diesmal hatte er kein Glück oder Pech, je nachdem wie man es sah, und als die Sanitäter den Weber noch mit der Bahre hoch trugen, ist er verstorben. Ein trauriger Schlusspunkt einer ganzen Familiengeschichte. 45 Jahre nach dem Mord an Rita Kolaritsch war eine Tragödie zu Ende, eine Tragödie, die der Frau Lendner all die Jahre verborgen geblieben war. Ihr Mann hatte das Geheimnis immer gehütet und auch das Mordmotiv hatte er mit ins Grab genommen. Die Eifersucht gilt wohl als wahrscheinlichster Auslöser im Mordfall Kolaritsch.

Ein schöner Herbsttag war es, als sich Bischof und Kiendl zum Arnfelser Friedhof begaben. Webers Begräbnis stand auf dem Programm, diesmal waren die beiden privat angereist, denn trotz des brutalen Überfalls hatte der Bischof Mitleid mit ihm, Mitleid mit einem zweifachen Mörder. Wenige Menschen hatten sich auf den Friedhof verirrt, um sich vom Weber zu verabschieden. Vielleicht 40, das war für ein Landbegräbnis wirklich nicht viel, aber Webers Familie war ja schon am Friedhof vereint, und selber hatte er ja keine, und die entfernten Verwandten hatte er kaum gekannt. Ein paar Stammtischbrüder standen neben den beiden Polizisten, und die sahen echt betroffen drein, und sie sprachen bevor die Feierlichkeit begann noch untereinander, wie sie so gar nichts von Webers dunklem Geheimnis bemerkt haben konnten.

Der Kiendl meinte nach dem Begräbnis: „A schöne Leich war das heute nicht, eher ein Armenbegräbnis."

Der Bischof klärte ihn aber auf, wofür der Weber sein ganzes Geld investiert hatte, und sie beschlossen, nicht ins Wirtshaus zu gehen, wo der Leichenschmaus stattfinden sollte. Als sie beim Auto ankamen, stand der Grund für diesen Entschluss dort, die Claudia, und sie wartete bereits auf ihren Norbert. Bischof konnte sich das Lachen nicht verkneifen und wünschte den beiden noch einen schönen Nachmittag.

Der Bischof war jetzt in Polizei-Psychologie gar nie so richtig gut gewesen, aber in diesem Fall war er schon stolz auf sich, ich meine, da schlägt ihn der Weber zusammen und sperrt ihn in den Keller, und der Bischof bleibt cool und redet mit ihm am Spitalsbett, als ob die beiden gerade von einer Berg-Tour zurückkommen wären. Aber das kann natürlich auch das Alter sein, irgendwann wird man einfach ein bisschen ruhiger und man regt sich nicht mehr so auf.

Der Weber tat ihm aber noch immer leid. Wenn man an das Schicksal glaubt, dann hat es dieses mit ihm nicht gut gemeint. Aber jetzt alles der Polizei und dem Richter in die Schuhe zu schieben, dass sein Bruder unschuldig gesessen hatte, das war schon ein bisschen weit hergeholt. Forscher haben ja aus Beobachtungen von gleichaltrigen Geschwisterpaaren herausgefunden, dass sie eigentlich nichts herausgefunden haben. Sie beobachteten Kinder, die mit traumatischen Erlebnissen konfrontiert worden waren ein ganzes Leben lang. Beide Kinder hatten jeweils das gleich schlimme Erlebnis gehabt. Das eine Kind wurde als junger Erwachsener zum Trinker und konnte nie mehr einer geregelten Arbeit nachgehen, das zweite wurde Arzt und gründete eine Familie und schien glücklich zu sein. Daraus lernt man, dass Dinge, die passieren, für den einen traumatisch sind, und der nächste beutelt sich bei dem gleichen Ereignis ab wie ein nasser Hund. Das kann man nicht beeinflussen. Gleich, wenn ein Mädchen in der Schule ständig von den Buben gehänselt wird. Die eine wird zum Männerfeind, die andere schlägt die Unteroffizierskarriere beim Bundesheer ein und schikaniert dann junge Männer, und die dritte gründet eine Familie. Das ist so wie beim Erziehen der Kinder. Zu streng ist ganz schlecht für die Entwicklung und keine Erziehung ist auch ganz schlecht, weil dann kann es einem passieren, dass man zu Weihnachten mit einem ehemaligen Finanzminister als Kind zu Hause sitzt, der den Staat gerade geklagt hat, und so ein Kind, wenn auch schon erwachsen, will wirklich niemand. Dann müssen die Eltern das schwer erarbeitete Autohaus verkaufen, weil sich die Kunden schämen, dieses zu betreten.

Also, man kann, wenn man Kinder hat, sehr viel falsch, aber fast nichts richtig machen, das weiß ich nämlich noch von meinen Eltern.

Was auch immer den Weber dazu bewogen hatte, seinen Rachefeldzug auch tatsächlich auszuführen, wir werden ihn nicht mehr fragen können, und der Bischof war mit seinen Gedanken auch gerade abgelenkt, denn im Radio hat er bei der Heimreise gehört, dass Sturm Graz gleich ein Spiel hatte, diesmal gegen einen anderen Wiener Verein, aber ich habe den Namen vergessen. Jedenfalls beschloss er in Graz-Ost abzufahren, denn dort steht das Liebenauer Stadion und indem fand das Spiel statt und das hat er sich dann angesehen, denn er musste mit seinen Gedanken endlich weg von dem Fall. Aber Sturm hat es ihm diesmal wirklich leicht gemacht, auf andere Gedanken zu kommen, denn sie schossen die Wiener mit 4:0 nach Hause. Ein schönes Ende einer traurigen Geschichte, denn ein Sieg gegen die Wiener freut ja bekanntlich ganz Fußball-Österreich, aber davon erzähle ich euch ein andermal.

Die Lendner und der Kroissbauer, die beiden sind nun ein offizielles Paar, obwohl der Kroissbauer natürlich schon ein schlechtes Gewissen wegen seiner Frau hatte. Denn er wird nie erfahren, warum sie sich eigentlich das Leben genommen hat. Der Streit war wegen der Lendner, die Kroissbäurin hatte ja mitbekommen, dass da etwas zwischen ihrem Mann und ihr läuft. Aber ob das dann der ausschlaggebende Grund war, das hat nur sie alleine gewusst, da muss man als Hinterbliebener dann damit leben. Der Tod hat halt eine Endgültigkeit, und das schlechte Gewissen danach hilft einem auch nicht weiter, da hätte man vorher überlegen müssen, was gut und schlecht ist. Allerdings darf man mit dem Kroissbauern auch nicht zu streng sein, denn würde sich jede betrogene Ehefrau oder jeder betrogene Ehemann das Leben nehmen, dann hätte man das mit der Bevölkerungsexplosion auf dieser Welt auch schon in den Griff bekommen. Jedenfalls müsst ihr euch vorstellen, neun Monate später hat doch tatsächlich der Kiendl mit seiner Claudia etwas zu dieser beigetragen. Der Bischof hat ihm noch im Büro gesagt, was das Kind für ein Glück hat, dass es der Mutter ähnlich sieht und nicht ihm. Der Kiendl bedankte sich für diese Aussage mit einer Einladung zur Taufe, Bischof wurde Taufpate. Mitten in der Taufe war dann noch etwas, was mir so in Erinnerung geblieben ist, weil da läutete das Telefon vom Bischof, genau dann, als er das kleine „Zwutschkerl" zum Taufbecken brachte und ein Vertreter der Landwirtschaftskammer war am Apparat, der ihm mitteilte, dass es keine Aufzeichnungen über Überwachungsanlagen von Schweineställen in der Steiermark gab. Also, es meldete sich kein Bauer in der Steiermark, der seine Überwachungskameras der Landwirtschaftskammer meldete. Das nennt man einen misslungenen Aufruf, ein Jahr, nachdem der Weber aus dem Krankenhausfenster gesprungen ist. In Österreich mahlen nicht nur die Mühlen der Justiz langsam.